KB188955

세상 제일 행복한
삼남매 육아

세상 제일 행복한 삼남매 육아

어쩌다 보니 삼남매와 함께 자라고 있습니다

초 판 1쇄 2025년 03월 25일

지은이 남궁수경
펴낸이 류종렬

펴낸곳 미다스북스
본부장 임종익
편집장 이다경, 김가영
디자인 윤가희, 임인영
책임진행 이예나, 김요섭, 안채원, 김은진, 장민주

등록 2001년 3월 21일 제2001-000040호
주소 서울시 마포구 양화로 133 서교타워 711호
전화 02) 322-7802~3
팩스 02) 6007-1845
블로그 http://blog.naver.com/midasbooks
전자주소 midasbooks@hanmail.net
페이스북 https://www.facebook.com/midasbooks425
인스타그램 https://www.instagram.com/midasbooks

ISBN 979-11-7355-128-4 03810

값 17,500원

🏃 **미다스북스**는 다음세대에게 필요한 지혜와 교양을 생각합니다.

어쩌다 보니 삼남매와
함께 자라고 있습니다

세상 제일 행복한
삼남매 육아

남궁수경 지음

미다스북스

프롤로그

사발 커피로 시작하는 하루. 너도 그래? 나도 그래.

주 양육자로 10년째 집에 있습니다. 아이의 출산 직후인 신생아 때부터 줄곧 아이들과 함께하고 있죠. 낮에도 밤에도 아이들과 함께하느라 몸이 너덜너덜합니다. 이때 나에게 필요한 에너지 한 모금. 저는 그것이 바로 커피였습니다. 한때는 '딱 5분만 여유 있게 앉아서 마셨으면 좋겠다~'가 소망인 적도 있었습니다. 시간은 흐르고 있고 이제는 건강을 위해 커피는 줄이고 물을 마시며 운동을 하는 삶을 살고 있습니다. 언제 이 시기가 지나나 싶었는데 벌써 10년이나 지났습니다. 2025년 첫날 아이들을 안아주며 첫째에게 말했습니다. '첫째야~ 너의 독립이 10년 남았구나~' 말하는 순간 저도 모르게 눈물이 핑 돕니다. 힘들다고 생각했던 그 시간이 언제 10년이나 지났는지 놀랍기만 합니다. 그런데 돌아보면 힘든 순간보다는 경이롭고 행복한 순간들이 더 많았습니다. 그 행복한 순간들뿐만 아니라 아이들과 함께 성장한 나를 발견하기도 하였습니다. 육아를 시작하면 부모는 성장합니다. 어느 순간 성장했는지도 모르게 성장을 하고 있습니다. 이것은 부모들이 느끼는 공통된 마음인 것 같습니다.

카페인의 효과가 있는지 없는지도 모르면서 생존 커피를 들이마시며 살아가는 시기. 이 시기는 애매하게 젊어 부족한 것투성이입니다. 출산으로 몸도 아프고 돈도 항상 부족하고, 가족과 타인에 대한 이해도 부족합니다. 그래서 많이 싸우는 시기인 것 같습니다. 참으로 예민한 시기이죠. 실제로 자녀가 취학 이전에는 부부 싸움을 많이 한다고 하더라고요. 이것도 다 성장의 과정이라는 생각이 들었습니다. 아마 죽을 때까지 성장을 해야 할지 모르겠습니다.

저희 부모님도 같은 시기를 겪으셨을 것입니다. 부모님도 똑같이 겪었던 그 시기를 저는 잘 지켜봤습니다. 그런데도 부모님의 그때와 같은 시기를 살고 있는 저는 남편과 꽤 많이 싸웠습니다. 서로를 이해해 달라면서 말이죠. 10년이 지난 지금은 사사건건 싸우지는 않습니다. 이제는 몸도 덜 아프고 아이들도 조금은 컸고 제 시간을 찾았기 때문입니다. 각자의 영역을 이해해 주며 응원을 해주는 담백한 사이가 지금의 우리 부부 사이입니다. 선배 맘들이 또 조언해 줍니다. 그러다 은퇴하고 나면 더욱 돈독해진다고요. 그러니 포기하지 말고, 노력을 하며 살라고요. 그리고 그 노력에도 강약 조절은 필요하다고 합니다. 주변에 좋은 어른들이 참 많습니다. 그뿐만 아니라 모든 책이 저의 선배입니다. 힘을 받는 곳이 많으니 에너지가 넘쳐흐릅니다.

사실 처음에는 육아서라는 개념도 몰랐습니다. 시아버님께서 첫째 임신 선물로 주신 것이 바로 육아서였습니다. 그 책을 시작으로 육아서를 읽기 시작했고 지금은 매일 책을 보는 삶을 살고 있습니다. 책 속의 위로와 공감과 조언 속에서 저만의 기준을 세워갑니다. 기준이 어느 정도 세워지니 조금씩 방향이 보이고 힘을 덜어낼 수 있게 되었습니다. 덜어낸 에너지는 곧 행복 에너지로 쌓이게 됩니다. 계속해서 선순환이 일어나고 있습니다.

완벽한 부부는 아니지만 아주 조금 부족한 우리 부부는 여전히 서로를 배워가며 마음을 채워가고 있습니다. 아이들은 자라고 있고 그 옆에서 주 양육자로서 존재하는 저 또한 의도치 않게 성장을 하고 있습니다. 그 성장을 알아차리니 인생이 참으로 아름답고 희망으로 채워집니다. 내면의 성장이 시작되면 모든 것이 성장하기 시작합니다. 막연한 것이 싫었던 20대였고 굴속에 갇힌 것 같은 30대였는데 그 과정에서 중요한 뭔가를 발견했습니다. 그래서 40대는 조금은 다를 것 같다는 희망을 품습니다.

저는 아파트에 살다 보니 또래 아이들을 키우는 부모님들을 많이 마주칩니다. 새벽에도 몇 번이나 일어나 보살피기를 해야 하는 부모들은 하루 종일 무슨 정신으로 살아가는

지 너무나 이해가 갑니다. 역시 해봐야 그 상황을 마음 깊이 이해할 수 있게 되는 것 같습니다. 내가 해줄 수 있는 건 그 상황에 대한 공감과 아기가 새벽에 깨는 시기가 얼른 지나가기를 바랄 뿐입니다. 이제 그만 커피를 줄이고 건강을 챙기라고 말해주고 싶지만, 그 심정을 알기에 조용한 말벗이 되기를 자처합니다. 그 과정에서 우리의 이웃들도 자신의 성장을 알아차리기를 간절히 바라봅니다.

아이를 키우는 데는 세 번의 고비가 온다고 합니다. 사춘기 전까지는 체력전. 독립 전까지는 신경전. 독립 후에는 빈 둥지 증후군을 감내해야 하는 부모로서의 또 다른 성찰전. 이런 과정들이 여러 번 겹치며 인생은 이어집니다. 그리고 그 순간은 찰나입니다. 그래서 어제도 오늘도 내일도 모두 소중한 하루가 되었습니다. 아이들과 함께하며 따뜻한 사랑을 배우고 저 자신을 더욱 사랑하게 되었습니다. 그래서 이제는 모두에게 알리고 싶습니다. 육아라는 과정은 아이들만을 키우는 과정이 아니라, 나 자신을 마주 보며 채워가는 과정이라는 것을 말입니다.

이 책은 힘든 육아였지만 그 과정에서 아이들과 함께 자라는 행복한 엄마의 모습을 담았습니다. 개인적인 일기 같은 에피소드들은 하루의 소중함과 평범한 일과의 소중함을 담고 싶은 마음을 담았습니다. 개구리가 올챙이 때를 잊지 않도록 말이죠. 삼남매 육아를 통해서 이뤄가고 있는 엄마의 성장을 글로 담아내 육아를 하며 성장을 하고 싶은 독자에게는 희망과 긍정 에너지를 전하고 싶습니다.

1장

모든 것이
성장의 토대가
되엇다

1.

우리의 시작은 250만 원이었다

우리의 시작은 대략 200만 원과 대략 250만 원이었다.

내 월급이 200만 원이었고 남편의 월급은 250만 원이었다.

남편의 직장 근처에서 신혼살림을 시작하면서 나는 다니던 직장을 그만두었다. 우리는 30대였지만 그래도 좋았다. 나는 아이를 낳고 딱 돌까지만 키우고 일을 시작하기로 합의했었다. 남편과 얘기도 잘 통했다. 맛있는 것을 만들어 먹었고 퇴근하고 돌아오는 남편을 기다리는 시간도 좋았다. 욕심 없는 부부였다는 표현이 딱 맞을 것 같다. 행복한 미래를 꿈꾸며 살아갔다.

첫 아이는 생각보다 금방 찾아왔다. 그리고 상상할 수 없었던 입덧 또한 찾아왔다. 첫 아이를 품은 나는 아무리 힘든 입덧도 견뎌낼 수 있었다. 그뿐만 아니라 나의 배 속에 있는 아이를 위해 책을 읽고 노래도 듣고 그림을 그리고 뜨개질도 했다. 태교 동화도 읽어주며 앞으로 만나게 될 아이를 위해 장난감을 만들었다. 하지만 아이를 위한 일을 제외하고는 입덧 때문에 산책도 할 수 없었다. 그 당시에는 정말 세상의 모든 냄새를 맡을 수 있었다. 역겨우면서도 신기했다. 사람보다 월등히 뛰어난 후각을 가지고 있는 개의 세상은 어떨지 심히 궁금했다. 이런 별 쓸데없는 생각과 기대감으로 하루하루를 지냈다.

첫째 아이가 태어났다. 이틀 동안의 진통으로 시뻘겋고 시퍼런 아이가 태어났다. 내가 보았던 출산과 관련된 외국의 서적에서는 출산 중에도 웃으면서 사진을 찍던데, 나는 그럴 수 없었다. 역시 괜히 편향된 정보를 접했다. 전공책이라고 말은 못 하겠다. 출산은 힘들었다. 하지만 출산 이후 아이와 함께하는 것은 행복했다. 그리고 아기를 키우는 데는 사실 많은 돈이 들지 않았다. 우리나라에서 나오는 지원금은 감사하게도 차곡차곡 모아서 나중에 어린이집, 유치원을 보낼 때 썼다. 이 당시에 나는 경제적인 일을 하지 않았기에 남편의 월급을 모으고 모았다. 문제는 아픈 내 몸이었다. 진통을 오랜 시간 겪었기에 몸이 빨리 회복되지 않았다. 아이는 기저귀 광고에서 나왔던 것처럼 낮에도 울고 밤에도 울었다. 그것이 제 역할인 양 최선을 다해 울었다. 잠도 제대로 자지 못하고 식사도 제대로 하지 못했다. 그래서 몸은 계속 아팠지만, 신기하게도 힘이 났다. 몸이 아픈데 힘이 난다? 이건 정말 겪어봐야 아는 현상일 것 같다.

난 아픈데 힘이 나고 이상한 감정에 아리송한데 또 기가 막히게도 우는 아이를 달래는 능력이 생겨버렸다. 신기한 감정과 현상에 얼떨떨함을 가지고 우리 부부와 첫째는 함께하게 되었다. 친정과 시댁이 둘 다 멀리 떨어져 있었기 때문에 첫째를 키울 때는 오로지 나 혼자서 돌보았다. 오히려 편안한 감정이 들기도 했다. 육아의 힘듦이 어떤 건지도, 비교할 친구도 없었기에 아기를 키우는 어떤 기준조차 없었다.

이렇게도 키울 수 있다. 아이를 키우는 데는 정답이 없다고 점점 깨닫게 되었다. 엄마가 된 나 자신이 기준이 되었다.

첫째가 6개월 정도 되었을 때부터 외출을 시작했다. 중고로 구입한 유모차가 있어서 외출이 훨씬 수월했다. 하지만 이즈음 남편은 늦게 퇴근하는 일이 잦아졌다. 다니던 회사의 사정이 어려워졌다고 했다. 이 말을 듣고는 몇 개월 뒤에 회사가 망했다. 퇴직금도, 몇 개월 치의 월급도 받지 못했다. 나중에 꼭 주겠다는 사장은 10년이 다 되어가도록 연락이 없다. 우리는 그렇게도 살았다. 생활비가 없어서 부모님께 돈을 꾸었다. 돈을 빌려달라고 얘기를 하는데 등에서는 땀이 흘렀고 얼굴은 시뻘게졌다. 책임감도 없고 무능력한데 애는 낳고 가족을 꾸린 것 같아서 죄스러운 마음이 들었다. 우리에게 더 이상의 벼랑길은 없는 것 같았다. 그렇게 남편은 입사와 퇴사를 반복했다. 그리고 지금의 직장에 들어왔다. 월급이 밀릴 걱정도 없고 퇴직금도 안정된 곳으로.

그 당시에도 나는 경제적으로 아무 도움을 줄 수 없었다.

아마 나보다도 남편의 책임감이 더 컸을 것이다. 나는 미안한 마음만 가득했고 얼른 경제적으로 보탬이 되는 일을 하고 싶었다. 그런데 둘이 아무리 머리를 맞대고 생각해도 내가 지금 일을 하는 건 더욱 도움이 되지 않을뿐더러 장기적으로는 오히려 손해라는 결론이 섰다. 그러고는 나는 '가정의 운영자'가 되었다. 남편은 나를 어떻게 그렇게도 믿을 수 있는지 신기할 정도였다. 나는 가정의 모든 것을 맡았다. 벌레를 잡는 일까지도.

우리는 그렇게 점점 상승세를 보이듯이 지금에 이르렀다. 아이는 셋이 되었고, '가정의 운영자'인 나는 욕심쟁이가 되어가고 있다. 우리의 시작은 완전히 불완전했다. 10년을 돌아보니 그렇다. 그것이 불완전한지도 모를 만큼 바보 같았다. 바보들이 하루하루 최선을 다했다. 그렇게 우리는 우리도 모르게 성장을 하고 있었다.

요즘 누가 월급 250만 원에 대출 빚을 끼고 결혼을 할까? 그리고 거기에 아이까지 낳을까? 무식해서 용감했을 수도 있겠지만 절대적인 믿음이 있기에 우리는 함께하고 있다. 마음에 들지는 않지만, 게임을 하는 남편과 책을 좋아하는 아내인 나. 희한하게도 우리는 인생의 동반자로서 불확실한 미래를 함께하고 있다. 돌아보면 처음부터 우리에게 완벽은 사치였다.

2.

잠, 잠, 잠 좀 자고 싶어

"쟤는 무슨 1학년이 졸고 있어~?"

눈이 번쩍 떠졌다. 갑자기 떠올랐다. 그때는 초등학교, 아니 국민학교 1학년 때였다. 내가 수업 시간에 졸았나 보다. 한창 쌩쌩할 나이인 8살에 나는 무척 잠이 많았다. 그리고 지금도 잠이 많다. 아무리 커피를 사발로 들이마셔도 쏟아지는 잠을 어찌하지 못할 때가 많다. 그러면 커피를 한 사발 더! 마신다. 한국인의 핏속엔 카페인이 흐른다고 하지 않나. 나도 같은 처지의 삶을 살고 있다. 그런데도 한번 잠이 들면 누가 업어가도 모를 정도로 잠이 들었었다.

그런데 출산 후에는 조금 많이 바뀌었다.

핏속에 카페인이 흐른다는 사실은 변함이 없지만, 나는 아주 예민하게 잠을 자게 되었다. 아이의 작은 뒤척임에도, 짧은 울음에도 눈이 번쩍 떠졌다. 그때 알았다. '아~ 나는 책임감이 엄청나구나.' 이게 모성애인지 어떤지는 모르겠다. 그런데 책임감이라는 감정이 더 맞는 것 같았다. 어쨌든 그러다 보니 잠이 한참이나 부족했다. 피곤하고 졸리고 멍한 상태로 예민한 사람이 되었다. 아이를 키우는 사람은 예민할 수밖에 없다는 것을 직접 체험하고 있었다. 정말 잠을 자고 싶었다.

'세상에서 제일 귀여운 아기는 잠자고 있는 아기야~'

'이게 뭔 소리지?' 하면서도 얼핏 이해할 것 같은 말이다. 나이가 들면서 체력은 당연히 약해지고 출산하면서 한 번 더 몸이 약해질 것이니 가만히 잠든, 그래서 편안히 쉬고 있을 때 보는 아이가 제일 이쁘다는 말로 이해했다. 원래 눈으로만 볼 때가 제일 이쁘고, 그 이쁜 걸 내 마음대로 쓰다듬어 줄 때 행복감이 오르지 않나. 출산 전에는 귀여운 강아지를 바라보는 느낌으로 아기들을 대했다. 출산 후에는 정말로 잠든 아기가 무척, 진짜, 세상 제일로 이쁘다! 조그만 다리를 베개에 척! 올려놓고 자기도 하고 방귀도 뀌고 잠꼬대도 하는 모습이 작아도 할 건 다 하는 사람이었다. 너무 앙증맞다. 그런데 잠든 아기가 제일 이쁘다는 건 조금 부족하다. 사실, 깨어 있는 모든 아기는 백배 천배 더 귀엽기 때문이다. 내 자식은 엄청나지, 뭐.

그런데 우리 첫째는 온순하지는 않았다. 출산 후 2박 3일의 아쉬운 입원을 끝내고 퇴원하여 조리원으로 들어갔다. 그때부터 아이의 울음은 시작되었다. 오죽하면 조리원 이모님이 신기해했다. '조리원에서의 기간이 2~3주 정도인 것은 2~3주 후부터는 아이의 울음이 시작되어서야.'라는 조리원 이모님의 말씀이다. 그렇다. 아기는 태어나서 약 2주간이 제일 얌전한 때이다. 먹고 자고만 하는 유일한 기간. 그 이후부터는 아기의 요구가 시작된다. 바로 울음으로. 그런데 우리 첫째는 조리원 첫날부터 우렁찼지.

조리원에서 퇴소하고 나는 아이와 단둘이 생활했다. 나는 아기를 아기라 여기기보다는 내가 돌봐야 하는 룸메이트 정도로 생각했었다. 내 뱃속에서 나왔지만 '난 너를 몰라, 그러니깐 우리 서로 알아가자~'라는 생각으로 산후도우미는 생각도 하지 않았다. 사실 아기 봐주는 이모님 말고 집안일해주는 이모님이 더 필요하다고 생각했다. 왜냐하면 아기와 나는 앞으로 계속 함께해야 한다. 내 뱃속에서 나온 타인을 관찰하고 이해해야 했다. 그러니 아이를 관찰하고 알아가려면 엄마인 내가 아이 곁에 있어야 했다. 그런 생각으로 모든 것을 내가 했다. 그러니 잠이 부족할 수밖에 없었다.

사람은 참 강인한 존재임을 이때 느꼈다. 부족한 체력인 것이 분명하고 잠을 자지 못하는 예민한 상태도 분명한데 모든 것을 가능하게 했다. 틈틈이 공부도 했고, 아이와 놀아줄 계획을 세웠고 매일 산책을 했다. 단 10분이라도 집 앞으로 나가 나무와 풀과 개미를 보았다. 산책은 정말 중요한 것이다. 산책은 마음의 보약이다. 그리고 아이와 놀아줄 계획을 세우지 않으면 하루 종일 조금 심심하기도 했다. 놀아야 말로 나와 아이가 서로를 탐색하는 아주 좋은 활동이다.

그러다 보니 나는 새벽형 인간이 되었다. 사실 아무 의지 없이 자면 정말 늦게 일어날 자신이 있다. 이건 분명하다! 자연스럽게 새벽형 인간이 되었다기보다는 처절한 노력으로 내가 만든 것이긴 하다. 하루 종일 아이와 있다 보니 부모인 나에게는 나만의 시간이 필요했다. 정신적인 쉼과 생각의 시간이 필요했다. 반성과 감사, 오늘의 계획뿐만이 아니라 미래에 대한 계획까지, 모두 새벽 시간에 일어나 알차게 시간을 활용한다. 정말 잠을 자고 싶었는데, 이제는 눈을 뜨고 있어도 꿈이 꾸어진다.

나는 예전부터 잠이 많아서 수면시간을 줄이고 싶다는 생각이 끊이질 않았다. 그것은 정말 쉽지 않다. 그런데 지금은 아주 조금쯤은 잠을 활용할 줄 알게 되었다. 피곤함에 매일 졸던 시절이 지나갔고 예민함에 한동안 자지 못했던 시절도 끝이 보이고 있다. 내가 내 잠을 어느 정도는 통제할 수 있게 되었다. 아이는 나를 정신 차리게 해주고 행복함을 안겨

준다. 그러니 어떻게 잘 때만 이쁘다고 하겠는가? 모든 순
간, 나를 성장시키도록 해주는 소중한 존재들인데 말이다.
아…, 그래도 가끔은 늘어지게 자보고 싶긴 하다.

3.

내복만 입은 아이

🐦

"아유~ 애를 왜 이렇게 촌스럽게 키워~"

어라? 내가 돈 모으는 데 너무 집중했나 보다. 내복만 입고 유모차 타고 다니는 아이를 보고 가까운 지인이 이런 말을 했다. 두 돌이 가까워져 온 무렵이었다. 아직 어린이집을 다니고 있지도 않았고, 매일 약간의 산책만을 하며 지내 온 우리였기에 별 신경을 쓰지 않은 것이 맞다. 그것도 그럴 것이 요즘 내복은 너무 이쁘다. 외출복처럼 예쁘다. 선물을 받고 뜯지 못한 내복도 많았다. 둘째 계획도 있었기에 첫째는 적당히 입혔다. 이것이 문제처럼 보였나 보다. 아껴 쓰고 미래를 위한 저축에 응원을 보내줄 줄 알았는데, 지지리 궁상

맞다는 말에 한동안 고민을 했다. 지나가는 사람이 한 말은 무시할 수 있지만 가까운 사람의 말은 나를 고민에 빠뜨렸다. 내 눈에는 '이쁘고 귀여운 모습이 다른 사람 눈에는 다르게 보일 수 있다는 것'을 깨달았다. 첫째는 그즈음 어린이집에 갔다. 그때부터 나는 첫째의 옷을 사기 시작했다. 첫 사회생활을 응원해 주고 싶었다. 한 벌이 두벌이 되었고, 딸이니 머리핀, 머리끈, 액세서리, 여러 종류의 신발. 입히고 사진을 찍을 땐 참 예쁘다. 그런데 딱 거기까지였다. 한창 뛰어놀 나이의 아이에겐 참으로 거추장스럽게 보였다. 그리고는 다시 편한 내복 차림형인 외출복으로 돌아왔다. 지인의 말에 신경을 썼던 나 자신을 나무라며 말이다. 지인의 말이라고, 어른의 말이라고 다 맞는 것은 아니었다. 생각해 보니 그 지인은 딸을 키워본 적은 없지 않나?! 마냥 이쁘고 정적인 딸들만 있는 것은 아니니깐. 이렇게 생각하고 나만의 방법을 찾기 시작했다. 주변의 이야기는 참고만 해야 한다는 것을 크게 배웠다. 내가 2년 동안 쌓아온 적금으로 말이다.

그 이후로 둘째도, 막내도 내복만으로 생활하는 기간이

길었다. 그리고 어린이집 생활을 일찍 시작한 막내는 활동성이 많아져 뛰어다니기 직전까지 내복 생활을 했다. 이쯤 되면 이쁜 외출복처럼 내복을 만들어주는 회사에 고마워해야 할 지경이다. 5세까지도 이렇게 편한 옷만을 위주로 입혔다. 그런데 5세 후반에서 6세 정도 되면 아가아가한 모습은 웬만하면 벗어진다. 이때부터는 정말 사회생활의 시작이다. 때와 장소에 맞는 옷. 유치원에서 뭐가 묻어도 괜찮은 옷. 체육 시간을 즐길 수 있는 옷으로 체크해주어야 한다. 아~ 내복만 입히던 그 시절이 그립다. 내가 그래서 교복과 체육복을 좋아했나 보다. 지금은 교복을 입을 수 없는 나이지만 교복과 같은 외출복을 입는다. 검은색 밴딩 팬츠에 면 티셔츠를 입과 다닌다. 계절이 끝나가면 다음 계절을 위해 똑같은 옷을 여러 벌 구입한다. 1년 내내 같은 옷처럼 보일 수 있겠다. 그래서 티셔츠의 색깔은 세 종류다. 검정, 회색, 남색. 이렇게 옷에 대한 고민이라도 빠지니 세상이 편하다. 보는 사람의 기분은 모르겠지만 말이다.

얼마 전에 『마음에 쏙 드는 엄마를 원하세요?』라는 그림책을 삼남매와 함께 읽었다. 갑자기 우리 아이들이 원하는 엄마는 어떤 엄마일지 너무 궁금했다. 그래서 '그림책 큐브'를 만드는 독후 활동을 하였다. 아이들의 진심이 궁금했기 때문에 다 만들 때까지 어떤 조언도 하지 않았다. 그림책 큐브는 작은 나무토막 8개를 연결하여 8개의 메시지를 담아 만드는 큐브이다. 이렇게 만들고 나면 나만의 나무 그림책이 될 수 있기에 아이들이 굉장히 좋아했다. 9살 첫째가 원하는 엄마는 '화려한 엄마', '세상에서 제일 빠른 엄마', '다정한 엄마'였다. 아빠는 건강함만을 원하더니 나한테는 화려함과 건강을 넘어서는 빠른 스피드를 가진 다정한 엄마를 원했다. 이 세 가지 중 나는 '화려함'이라는 단어에 꽂혔다. 화려한 엄마 글자 옆에는 '진주 목걸이'로 추정되는 목실이 그림과 팔찌, 반지의 그림을 그려놨다. 드디어 사춘기가 오는 것인가? 그래서 엄마의 외모를 신경 쓰기 시작한 것인가? 싶었다. 이젠 '아이가 어려서'라는 핑계를 대며 편하게 옷 입는 시절은 끝난 것 같다.

아이 덕에 옷도 편하게 입고 다녔다. 앞으로 얼마나 화려해질지는 모르겠지만 조금은 나아가 보려고 한다. 어색하게 옷 가게에 들어가 나만을 위해 예쁜 옷을 골라봐야겠다. 참, 지지리 궁상처럼 보였을 수도 있겠지만 난 지금까지 정말 행복했다. 편하게 입는다는 것 하나만으로도 말이다. 내복만 입은 아이와 그의 엄마는 아이의 성장에 따라 조금씩 변화를 받아들여 가고 있다.

그렇다고 아이가 원하는 진주 목걸이를 한 엄마가 되기는 싫다. 나도 내가 원하는 모습이 있다. 아이들을 키우느라 편하게 입었던 옷들을 졸업하고 내가 되고 싶은 모습이 있다.

막내가 배 속에 있을 때 집 앞 카페에 간 적이 있다. 나이 지긋한 시인이 운영하시는 카페여서 그런지 카페를 이용하는 손님의 연령대가 조금 높았다. 그날은 첫째와 둘째의 손을 잡고 부른 배를 내밀고 음료를 주문했다. 그리고 주변을 살피다가 지금도 눈에 선한 장면을 목격했다. 백발의 머리카락을 단정히 묶으시고 하얀색 원피스를 입으신 할머니셨다. 그 할머니는 다른 할머니들과 독서 모임을 하시는지 두 손에는 책 한 권을 소중히 드시고 어린아이 같은 환한 웃음으로 대화를 나누셨다. 살짝 충격이었다. 내가 생각했던 노년의 모습과는 다른 모습에 살짝쿵 마음이 두근거렸다. '와, 나도 저렇게 우아해지고 싶다.' 건강한 몸과 하얀 원피스가 잘 어울리는 독서하는 할머니. 이젠 정말 밴딩 팬츠와 면 티셔츠를 조금씩 보내줘야 할 때가 옴을 느낀다. 매일 입는 교복 같은 무채색을 벗어 던지고 말이다.

4.

세 번의 출산으로 알게 된
인생의 진리

♥

남편과의 자녀 계획은 원래 둘이었다. 막내가 들으면 섭섭할까? 아니, 지금 최선을 다해 사랑해주고 있으니 섭섭해하지 않을 것으로 생각하고 이야기를 하려고 한다. 어차피 삶은 계획과 무계획의 적절한 조화를 통해 배움을 얻는다고 생각하고 있기에 말이다.

신혼 때 우리의 월급은 적었지만 우리는 계속 성장할 것이라 믿어 의심치 않았다. 그래서 자녀 계획도 마음껏 했다. 외동으로 자란 남편은 자신의 아이에게는 그 외로움을 주고 싶지 않다고 했다. 싸우면서 크더라도 남편은 형제가 많은

집이 부러웠다고 했다. 그 의견을 존중했다. 나도 하나보다
는 둘이 낫다고 생각했다.

어느 날 꿈을 꾸었다. 예쁜 강아지 4마리가 나에게 왔다.
나는 네쌍둥이라 생각했다. 아니었다. 둘째는 커다란 과일
세 개를 받는 꿈이었다. 세쌍둥이도 아니었다. 막내는 휘황
찬란한 새 두 마리였다. 나를 또렷이 쳐다보는 새 두 마리를
보고는 깜짝 놀라서 일어났다. 그리고 달력을 확인했더니
한 달에 한 번 와야 할 것이 오지 않았다. 너무 신기했다. 그
리고 얼마 전에는 한 마리의 커다란 새와 또 다른 한 마리의
아기 새가 내 품 안으로 뛰어들었는데 마지막 아기 새는 날
지 못하고 총총총 다른 곳으로 도망가버리는 꿈을 꾸었다.
나의 무의식은 도대체 어떻길래 이런 꿈을 꾸는지, 정말로
궁금했다. 물론 넷째도 궁금하지만, 남편과 나는 셋째를 막
내로 마무리 지었다. 지금 세 명의 스케줄도 감당하기에 벅
차서 머리가 빙글빙글 돈다. 체력 또한 간당간당한다. 남편
과 나는 아이들에게 경제력을 올인하지는 않겠지만, 배우고
싶다는 것이 있으면 다 배우게 해주기로 했다. 부모의 역할

도 저버리지 않겠다는 각오도 했다. 아이의 선택과 결정의 과정은 엄마인 나와 충분한 대화를 거친 다음이다. 사실 '너희 하고 싶은 것 다 해!'가 나의 본심이다. 하지만 하고 싶은 모든 것을 할 수 없다는 것도 부모인 내가 알려 주어야 하지 않을까? 선택과 집중부터 해봐야 하지 않을까? 싶다.

나는 임신과 출산의 반복으로 특히 막내를 낳고는 몸과 마음의 기복이 심해졌었다. 몸도 그렇지만 마음이 우울한 기분으로 내려앉을 때는 어찌 할 도리가 없었다. 정신과를 찾아갈까, 부부 상담을 해볼까 고민하던 중 어느 것도 할 수 없다는 결론이 섰을 때 나는 나를 내려놓았다. 욕심내서 읽던 책도 그만두었고 첫째의 교육을 한다고 놀이 계획을 짜지도 않았다. 그리고 막내의 스케줄을 따라 아이가 자면 나도 잤다. 밤에도 내 시간을 만든다고 졸음을 참아가며 버티지 않았고 몸이 이끄는 대로 그냥 잠을 잤다. 그렇게 한 달이 지나다 느낌이 왔다. 체력이구나. 몸이 힘드니 마음도 힘들어졌구나. 이걸 알아내는 데 이렇게 오랜 시간이 걸렸구나 싶었다. 첫째 때도, 둘째 때에도 몰랐다. 막내를 낳고서야 깨달은 것이다. 나의 마음은 몸의 회복이 되지 않음에서 시작되었구나. 맘카페든 어디든 보면 아이를 재우고 즐기는 엄마의 시간을 인증하는 사람들이 많다. 나는 그 시간도 힘든 시간이었다. 마치 집안에서 기운을 회복하는 내향인이 있고 사람을 만나며 에너지를 쌓아 올리는 외향인이 있듯이, 나도 나만의 방법을 찾아야 한다는 것을 알게 되었다. 나는 이때까지도 내가 어떤 사람인지 몰랐다. 나를 알기 위해서는 나만의 방법을 찾아야 했고, 그러려면 몸의 회복이 최우선이었다. 그동안 돌보지 않았던 몸을 나는 잠을 자면서 회복시켜 나갔다. 시간이 정말 오래 걸렸지만, 효과는 100% 였다. 사람은 잠을 자야 한다. 아니, 내가 잠을 자야 했다.

내가 아이를 낳지 않았다면 나를 돌아보았을까? 나에게 집중하며 나만의 방법에 대해서 생각했을까? 그런 의문이 들었다. 이제는 돌이켜 비교해 볼 수 없지만 출산 전의 나는 매일 잠과의 사투를 벌이긴 했다. 퇴근하고 업무에 대해 생각하고, 운동하고, 또 공부를 하는 삶의 연속이었다. 언젠가는 번아웃이 올 듯한 그런 삶을 살았던 20대의 내가 떠올랐다. 나의 20대는 일과 공부밖에 없었다. 그것이 나의 성공이란 생각에 쉬지 않았다. 효과도 별로 못 봤으면서 자리만 지키고 앉아만 있었다.

나의 아이들은 나에게 전환점이 되었다. 나를 알아채는데 30대를 보내버렸지만, 이제는 조금 뿌듯하다. 생각하고 성장하는 일은 아이에게만 필요한 것이 아니다. 아이를 키우는 부모에게도 필요하다. 아니 모든 사람에게 필요하다. 나는 아주 많이 힘든 과정을 거치고 나니 알을 깨고 나오는 기분이다. 그래서 자기 계발에는 출산과 육아가 최고로 도움이 된다는 생각마저 들었다. 아이의 성장을 보며 어린 시절의 나를 부감하기 때문이다. 이런 생각들이 나에게 새로이 주어지는 인생처럼 느껴졌다.

"너 자신을 알아가는 삶을 살아야 해."

진짜 많이 들었던 말이다. 그러면 나는 '내가 나이지, 여기서 뭘 더 알아야 되나요?'라고 반문을 했다. 물론 마음속으로 말이다. 초등학교 때 담임 선생님은 나에게 『데미안』을 추천했고, 중학교 때 과학 선생님은 나를 콕 집어 '너 자신을 알라'고 했다. 고등학교 때 선생님도 '인간이 돼라'고 했는데 이제야 그 말뜻을 아주 조금 이해한 기분이다. 이해의 시작 이지만 단어가 인생에 스며드는 느낌은 꽤 짜릿하다. 그래 서 성인군자들이 고행을 자처했나? 하는 의구심마저 든다.

나는 이제 이렇게 말하고 싶다.

'아이를 낳으세요. 그리고 철저히 육아에 스며드세요~'

아이들 덕분에 진짜 인생을 사는 느낌이 들 것입니다. 물 론 도를 닦는 느낌은 덤입니다.

5.

도대체 나는 왜 화를 낼까

🐦

막내의 출산을 끝으로 우리의 가족계획은 완료되었다. 이젠 정말 육아만을 하면 된다. 그런데 이상하게 '화'가 치밀어 오른다. 이성적인 척하는 가면을 쓰고 하나하나 꼬치꼬치 지적한다. 이것은 자녀에게만 국한되지 않았다. 남편, 부모님, 동생 등등 가족에게 특히 심했다. 그리고 아이를 키운다는 사실만 달라졌을 뿐인데 세상의 모든 이해를 요구하게 되었다.

유모차를 끌고 가는데 인도의 상태가 유모차를 끌고 다닐 수 없었다. '유모차는 둘째 치고 휠체어는 어떻게 다녀?

아니 전철역은 도대체 어떻게 끌고 다녀야 해?', '길거리에서 담배 피우는 사람은 왜 이렇게 많아? 우리 애들 아픈데? 폐가 성장 중인데 계속 콜록거린단 말이야!', '아니! 이젠 나뭇잎도 못 만지겠어! 침은 왜 뱉고, 오줌은 왜 싸게 하는 거야?' 그렇다. 하나하나 나열할 수가 없다. 그전까지는 신경 쓰지도 않았던 모든 것들이 다 눈에 들어온다. 문제는 참지 못하는 사람이 되었다는 것이다. 민원을 넣고, 안 그래도 쭉 찢어진 눈을 최대한으로 찢어서 쳐다봐주고, 아이들에게 큰 소리로 '더러우니깐 만지지 마!'를 외치고 다녔다. 다른 사람이 들으라는 듯이. 이 당시에 남편은 나를 말리느라 힘들었을 것이다. "그러지 마! 싸움 난다." 남편은 나를 도울 기색이 전혀 없었다.(그나마 다행이었다.)

"아니! 세상이 이렇게 엉망진창인데 그동안 왜 모르고 산 거야?"

나한테도 화를 낸다. 세상에 온갖 짜증을 내던 나는 거기가 끝이 아니었다. 아이들에게 요구하는 기준도 상당히 높았다. 예의와 범절이 엄마인 나의 기준에 들어맞도록 소리를 질러댔다. 시어머님과 함께 지낼 때는 "어머님~ 그렇게 하면 안 돼요~"로 시작하는 대화 같지 않은 대화를 했다. 남편과의 관계도 최악이었다. 다시 한번 말하지만, 이때의 나는 마음이 참 아팠고, 그것을 깨닫는 데에 오랜 시간이 걸렸다.

애들을 재우고 밤이 되면 후회를 한다. '더 좋은 방법이 있었을 텐데, 난 왜 그렇게 화를 냈을까? 한번 화를 내기 시작하니 화내는 게 이렇게 쉬웠다. 그런데 또 멈추기는 왜 이렇게 어려울까? 난 그동안 화도 안 내고 어떻게 살았지? 내가 원래 이런 사람이었나? 아니다, 이것이 그동안 몰랐던 나의 본 모습이구나.'까지 갔다. 그리고는 나는 이렇게 화에 잠식된 사람이 되기는 싫었다. 결혼 전에는 아이들을 가르치던 직업을 가졌었다. 중학생 정도의 아이들은 나에게 "선생님이 우리 엄마 하면 좋겠어요~"란 소리를 많이 했다. 그런데 출산 후 나의 본 모습은 화에 잠식된 맘충이 되어가고 있었다. 아이에게 매운 음식을 준 사람을 탓하고 화내는 건 생각보다 쉬운 일이었다. 이 당시에 든 생각은 정말이지 조금만 더 가면 '그냥 정신병 있는 미친 사람'이 되겠구나였다. 나는 내 감정을 조절하고 싶었다. 진심으로 미친 듯이 원했다.

그래서 시작된 나의 프로젝트 '도대체 나는 왜 화를 낼까' 부터 시작했다. 나의 화에는 정당성이 있다는 근본 없는 생각부터 정리하기 시작했다. 굉장히 이성적인 것처럼 보이지만 사람 사는 세상에 우회적으로 좋게 해결하는 방법은 충분히 많으니까 말이다. 처음으로 든 생각은 내 마음은 굉장히 우울한데 책임감은 강했다는 것이다. 아이들을 바르고 건강하게 키워야겠다는 생각. 그러니 그 기준에서 벗어나면 안 되는 강박관념이 있었던 것이다. 그리고 아무도 나를 도와주지 않는다는 생각 때문에 드는 속상하고 외로운 마음의 우울감이라고 생각했다. 그러니 더 열심히 노력하려고 하루에 10잔씩 커피를 마시며 하루하루를 버텨나가는 것이었 겠지. 사실 도와주지 않는다는 생각보다는 건강이 좋지 않았던 영향이 더 컸다. 출산의 회복은 더디었고, 막내의 첫돌 이후에 참고 참다가 찾아간 한의원에서는 '산후풍입니다.'라 는 얘기를 들었으니깐.

화를 내고 싶지 않다면 건강해야 한다. 몸이 건강한 사람이 정신마저도 건강하다는 사실을 이때 뼈저리게 느끼게 되었다. 특히 나에게는 말이다. 이렇게 나는 건강하지 못한 몸을 화에 대한 원인으로 뽑았다. 그 이후로는 한약과 운동과 집중적인 독서를 시작했다. 아이에게 표현하는 방법을 익히고 말투에 더욱 신경을 썼다. 다시 출산 전의 나로 서서히 돌아가는 느낌이 들기 시작했다. 이렇게도 저렇게도 대처할 수 있는 유연한 마음을 가진 사람이 되고자 노력했다.

화를 내던 당시에 나는 '화를 내지 않기 위한 방법'을 찾아보곤 했다. 시간의 텀을 주어 화를 삭이는 심호흡을 여러 번 하고, 화가 난 나의 모습을 거울로 살펴보는 방법(끔찍한 모습에 깜짝 놀란다고 한다.)도 따라 해봤었다. 그렇다면 나는 어떤 방법을 쓰고 어떻게 되었을까?

나는 우선 노력하면 변한다는 결론적인 얘기부터 하고 싶다. 시간은 오래 걸리지만 확실하다.

방법이란 방법을 다 써봤는데 순식간에 효과를 얻을 수

있는 방법은 없다. 나는 몸의 건강을 되찾아야 하고 명상도 가끔 했다. 그리고 마인드를 긍정적으로 바꾸는 데 시간을 들였다. 특히, '오늘 화내면 이 에너지가 6개월 동안 몸에 남아 영향을 미쳐요~'란 비과학적인 얘기를 자주 떠올리며 명상을 했다. 이 세 가지 방법이 나에게는 효과가 좋았다. 화는 더 이상 나에게 아무것도 아니다. 이젠 '화'란 감정에 잠식되지 않는다. 적어도 아이들과의 관계에서는 말이다. 그리고 화나는 일이 생기면 '나에게 집중'한다. '이걸 대처하는 방법이 있을 거야.'라고 생각하면서 말이다. 지금은 오히려 화를 낸 척하며 아이들에게 감정을 표현하기도 한다. 그리곤 속으로 속삭인다. '이야~ 나 진짜 대단하다. 화를 다스릴 수 있게 되었어!' 하지만 방심은 금물이라는 것두 안다. 언제 어느 순간 '화'라는 감정을 건드리는 순간이 올지 모르니깐 말이다. 계속 연습 중이다. 그래도 한번 겪어보니 이런 감정을 알게 해준 기회에 감사하다는 마음이 절로 든다. 이제는 하나의 단계를 뛰어넘은 기분이 든달까? 화란 감정을 조절할 수 있는 사람. 정말 괜찮지 않은가.

아이들은 부모와 언제까지 함께할까?

화를 내며 보내기에는 자녀와 함께하는 시간이 그리 길지 않다. 첫째는 곧 10살이다. 머지않아 사춘기가 올 것이고, 그 시기를 보내고 나면 일차적인 독립이 이루어질 것이다. 그래서 이 시간이 참 짧게 느껴진다. 하루를 살면 모르지만 그 하루들을 돌이켜보면 알게 된다. 더욱 일찍 깨달았어야 한다는 아쉬움이 가득하다. 그러니 이 시간을 소중히 하는 마음으로 독립을 하여 떠나보낼 아이들을 생각하며 오늘의 '화'를 다스려보자.

6.

내 인생을 그대에게

🍂

"첫째! 파이팅~ 빨리 가!! 끝까지 달리란 말이야!!!"

참여한 선수의 수가 비교적 적어서 한적한 빙상장에 내 목소리가 울려 퍼진다. 이건 격려의 외침인지, 화를 내는 건지 알 수가 없다. 몇몇 부모도 같은 마음인가 보다. 팔짱을 끼고 빙상장을 뚫어지게 쳐다본다. 그래도 대체적인 분위기는 하하호호 격려의 날이다. 잘했다. 넘어지지 않아서 다행이다. 끝까지 완주해서 축하한다. 이런 식이다. 나만 나쁜 부모다. 꼴등을 해 놓고도 해맑게 웃는 모습을 보니 화가 치밀어 오른다. 앞으로 추월할 기회가 여러 번 있었음에도 불구하고 나가지 않았던 첫째를 찢어진 눈으로 한 번 쳐다봐

준다. 내 가면의 '현명한 엄마'인 척 웃음을 지어 무사히 끝난 '경기 완료'를 축하하는 척하고는 집으로 돌아가는 차 안에서 따발총이 되기 시작한다. 결국은 울리고야 말았다. 그제야 미안함이 가득한 마음으로 입을 다물었다. 아주 잠시. 첫째의 말을 듣기 전까지. "엄마, 그래도 경기 끝났으니깐 고기 사줘."

부모가 되니 이상한 욕심이 생긴다. 욕심이 욕심인 줄도 모른다. 아이와 다투고 나중에 돌이켜보니 나의 욕심이었다. 왜 이런 욕심이 가득한 부모가 되는 것일까? 내 인생에 욕심을 내야 하는데 내 아이이긴 하지만 타인의 인생에 욕심을 부린다. 그것도 '내 마음대로!' 나는 그냥 엄마일 뿐인데 말이다. '그러지 말자'를 되뇌어도 여간 고치는 게 쉽지 않다. 참고로 2024년 첫째의 나이는 9살이다. 초2. 10대에는 아직 들어서지도 않았다. 안다. 부모의 마음으론 아이가 잘 되기를 바라기 때문에 '조금 더' 노력해서 잘 해내기를 바라는 것. 그래서 나중에는 편안한 삶을 살게 하는 것이 표면적인 첫 번째 이유다. 두 번째는 '내가 키운 노력에 보람을 줘.'가 아닐까 싶다. 아주 무서운 문장이다. 보람을 얻으려고 낳은 것이 아닌데 출산과 즉시 잊게 된다. 뱃속에서 꼬물거리는 느낌을 벌써 잊어서 행복을 발로 차버리는 행동을 하고 있다. 이 엄마가.

첫째는 똑똑하진 않지만 그래도 하나를 알려주면 잘 따라와서 하나를 배워가는 모범생 스타일이다.(어디서도 하지 않았던 자식 자랑을 여기서 시작해 보려니 눈 한번 딱 감고 읽어주시기를 바란다.) 첫째는 4살에 동생이 태어나기 전까지 엄마와의 시간을 알차게 보냈다. 영상은 보여주지 않았고 아이스크림조차도 먹이지 않았다. 매일 나가서 산책과 놀이를 빙자한 달리기를 하였다. 날씨가 좋지 않거나 엄마의 컨디션이 좋지 않을 때는 집에서 하루 종일 책을 보았다. 중요한 대목이다. '하루 종일 책을 읽어 주었다'는 것으로 정정한다. '엄마, 심심해~ 놀아줘~'도 컨디션이 좋을 때나 가능하지, 엄마도 힘든 날이 있다. 그런 날은 내 무릎에 첫째를 앉히고 서로의 온기를 느끼며 책을 읽는다. 같은 책이라도 '무서운 버전'으로도 읽었다가 '바보 버전'으로도 읽는다. 같은 책을 여러 번 읽어 줄 수 있는 방법이다. 첫째는 한 번 접한 책은 그날은 다시 보지 않았다. 그러면 그날의 독서는 금방 마무리가 되는 것이다. 하지만 버전을 달리하여 읽으면 몇 번이라도 읽을 수 있다. 정말 힘든 날은 '졸린 버전'으로 책을 읽는다. 첫째가 제일 싫어했던 버전이다. 글을 쓰다 보니 추억이 되어버렸지만, 원래의 목적대로 자랑을 하자면 이렇게 책을 읽다 보니 둘째가 태어날 때쯤에 한글을 얼추 읽을 수 있게 되었다. 그리고 5살이 되기 전에는 모든 글자를 읽을 수 있게 되었다. 천재라는 이야기는 아니다. 그만큼 많이 접했고 즐거웠기에 관심을 가지니 자연스레 알게 되는 것이다. 그리고는 '내 목에서 피를 토해가며 책을 읽어줬는데, 추월을 못 한단 말이야?'로 오게 된 것이다. 두 눈에서 눈물을 뚝뚝 흘리는 아이를 달래어 집 근처 고깃집으로 갔다. 집에서는 편식만 하던 아이가 고기도 먹고, 빵도 먹고, 밥도 먹고, 김치도 먹어보며 온 가족이 든든하게 먹고 나온다.

진짜로 현명한 엄마가 되고 싶어서 집으로 돌아와 오늘 경기에 대한 이야기를 들어본다. 경기장의 첫 공기, 시합 직전 너무 떨려서 눈물이 나올 뻔했지만 참은 이야기. 추월을 하고 싶은데 안쪽에서 추월하면 부딪힐 것 같아서 바깥쪽으로 달렸더니 체력이 부족했다는 이야기. 그래도 끝났더니 아쉽지만 즐겁고 행복했다는 이야기를 나눴다. 그리고는 본론으로 들어간다. '언제까지 스케이트를 탈 거니?'라고 물었다. 오래오래 타고 싶단다. 하지만 선수로 나가고 싶지는 않다고 했다. 이때부터 또 현명한 엄마인 척을 한다.

"첫째야, 마냥 즐겁게 스케이트를 탈 수는 없어. 이기는 기쁨도 한 번은 느껴보는 것도 좋아. 그러니 우리 한번 분석이라는 것을 해보자. 이겨보기 위한 분석." 그리고는 종이 한 장을 꺼내놓고 그날의 시합을 다시 돌아본다. 아쉬웠던 것. 할 수 있을 만한 것들을 메모하며 다음 시합을 그려보았다. 첫째는 만족스러운 표정이었지만 나는 마음 한구석이 시원치가 않다. 경쟁으로 내몰고 있는 모습 같기도 했다. '어서 1등 메달을 가져와.'라고 하는 것 같았다. 하루하루가 찜찜했다. 나도 내 앞에 한 명을 제치기 위해서 그 친구를 그렇게 미워하지 않았나. 그러다가 실력 없는 내 탓을 하게 되고 말이다. 또 더 나아가 자괴감에 빠지는 그 궤도에 내가 내 자식을 올려놓았다. 경쟁자에게 미움이라는 감정 대신 함께 성장하는 방법을 가르치는 방법은 무엇일까? 나름 자기 계발하는 엄마인데, 고민만을 하게 된다. 결론은 '나 자신에게 집중하기'로 끝맺는다. 사실 이것도 제대로 해보지는 않아서 아직도 아리송하다. 내가 이것을 아직도 제대로 못 해봤고 지금 그것을 해보는 중이라 뭐라고 말을 해 줄 수가 없다. 그래도 첫째에게 또 제안을 해본다. 경쟁을 하게 되면 미움이라는 감정이 솟아 올라와 나 자신을 힘들게 했던 경험을 얘기한다. 그리고 나 자신에게 집중하는 방법을 제시한다. 첫째는 또 좋다며 순순히 따라온다. 다음 시합에서는 50초가 아닌 49초에 경기를 완료하는 것을 목표로 잡았다. 나도 내 인생을 첫째에게 투영하지 않기로 했다. 서로의 인생을 서로가 코치를 하며 함께 성장하기로 했다.

첫째가 오늘 나에게 말한다.

"엄마, 얼른 글 써서 작가되어야지. 과자만 먹으면 어떻게 해! 배만 나오잖아!"

아… 이건 코치가 아니라 잔소리쟁이가 따로 없다. 내 욕심이 오점을 남겨버렸다. 얼른 성장해서 잔소리 못하게 해야겠다. 내 인생, 네 인생 구분 좀 해보자.

7.

잃어버린 10년 아니! 알아가는 10년

🖐

"너는 애 낳고 집에 처박혀 있을 때, 10년 뒤 네 친구들은 어떻게 됐을지 생각해봐, 그리고 노년에 네 친구들은 퇴직하고 놀러 다닐 때 넌 할 수 있는 게 없어서 아픈 몸 빌빌대면서 갱년기나 겪을 걸 생각해 보라구. 벌써부터 패배감 들지 않아? 후회할 것 같지 않냐고."

가까운 지인에게 들은 뼈 때리는 이야기. 나의 노년을 보람차고 평안하게 보내기 위해서는 반드시 일을 해야만 한다는 이야기. 주부는 우울함에 젖고 건강 관리를 하지 않아 힘든 노년을 보낼 것이라는 이야기. 아이는 귀하게 키워

봤자 헛수고라는 경험담을 담은 이야기. 남자도 여자도 반드시 일을 해야 하고, 일도 반반씩 딱딱 나눠 해야 하고. 지금 당장 이익을 얻지 못하는 일을 하면 호구 소리를 듣는 세상. 그런 것이 대중적인 것이라는 프레임을 가진 세상에 살고 있다. 그래서 일을 하고 있지 않은 나는 어쩔 수 없이 자존감이 바닥과 마주하여 암울함과 불안함에 갇혀 삶을 즐길 수도 없는 상태가 되고 말았다. '넌 돈도 벌어들이지 못하는 패배자야.'라는 암묵적 시선을 느낀다.

나 또한 일을 그만둘 생각은 없었다. 아주 잠시, 절대적으로 보호자가 필요한 시기에만 아이 옆에 있어 줄 생각이었다. 나는 그 시기가 첫돌 정도면 될 것으로 생각했다. 돌이켜보면 정말 아무것도 모르는 상태였구나 싶다. 많은 사람들이 그러듯. 나도 내 경력만 생각하고 활동적인 커리어 우먼의 꿈을 꿨다. 아이는 태어나서 알아서 잘 큰다고 생각했다. 머리에 피가 돌면서부터는 부모의 간섭을 싫어한다고. 정말 돈만 대주면 알아서 큰다고 착각하고 살았다.

육아의 세계에 풍덩~ 빠진 지 곧 10년이 된다. 첫 아이가 조금 예민하여 2년, 둘째와 막내를 출산하며 2~3년. 삼남매는 귀여움이 철철 넘쳐흐른다. 이 매력에 빠져 또 몇 년. 그러다 보니 10년이 훌쩍 다가와 있는 것이다. 세월은 정말 빠르다. 그리고 자라나는 타인들과 살아가는 나는 이 타인들의 의견을 듣고 존중하기로 했다. 그것이 부모가 된 나의 의무라 생각했다. 그러다 보니 내가 뭘 하며 사는 건지, 좋아했던 음식은 뭐였는지 기억이 나지 않았다. 그것을 알아차린 후에는 우울감에 사로잡혀 한동안 웃을 수가 없었다. '너 자신을 알아야 한다.'라고 했을 때 '나는 나야.'라고 외칠 수 있는 패기는 어디로 갔을까. 무기력감도 찾아왔다. 그리고는 서서히 나에게 집중을 하기 시작했다. 그리고 아이들에게 엄마를 알려주기 시작했다.

"안녕 삼남매? 엄마는 피자를 좋아하는 사람이었어. 그리고 지금도 좋아해! 오늘 저녁은 피자닷! 너희들 피자에서 옥수수 골라내면 안 돼~"

엄마에 대해 하나하나 알려주었다. 그리고 엄마의 일에 대해서도 알려주었다.

"엄마는 예전에 이런저런 일을 했었어~ 그런데 소중한 너희들의 어린 시절을 더 오랜 시간 함께 하고 싶어서 잠시 쉬는 중이야~ 그런데 있잖아, 엄마는 너희가 마음의 준비가 되었다면 다른 엄마들처럼 일을 해볼래~ 그전까지는 돈을 아끼며 살아야 한단다."

막내는 엄마가 지금 당장 일을 해서 장난감을 사 오기를 바란다고 했다. 둘째는 엄마는 집에 계속 있어야 한다고 말한다. 첫째는 아직 마음의 준비가 되지 않았다고 말한다. 첫째의 마음의 준비란 것은 무엇일까?

"엄마, 나는 지금 간장 계란밥밖에는 못 만들어. 준비가 더 필요해~ 동생들 밥을 못 먹여~"

이 말을 듣는 순간, 너무나 신기했다. 나는 첫째를 외동처럼 키웠다고 생각했다. 동생들에게 양보하지 말라고 했고, 동생들 때문에 사랑을 나눠 갖는다는 생각이 들지 않게끔 노력했다. 간식이나 물건을 사줄 때도 서운함이 들지 않도록 똑같이 사주었었다. 그런데 가르치지도 않은 장녀의 마인드라니. 엄마가 없으면 동생들 밥을 챙기고 어린이집을 보낼 생각을 한다니. 기특하면서도 짠했다. 시대가 달라도 현실이 달라졌어도 첫째는 첫째구나란 생각이 들었다. 동생들과 생각 없이 마냥 싸우기만 한다고 생각했는데, 엄마의 빈자리를 채울 생각을 하는 첫째를 보니 자리의 무게가 느껴졌다. 엄마보다 낫다. 여기서 또 알 수 있었던 것은 첫째가 생각하는 일의 형태였다. 일을 하게 되면 아침 일찍 나가서 저녁 늦게까지 일해야 한다는 것. 아이들에게 직업의 다양함을 알려야겠다는 생각도 들었다.

우리 집 아이들이 알고 있는 가장 가까운 직업은 바로 남편의 직업이다. 남편은 회사를 간다고 나갔다가 몇 주가 지나고 나서야 집으로 들어온다. 아이들이 생각할 때 회사를 간다는 것은 오랫동안 얼굴을 보지 못한다는 것이다. 그러니 엄마만이라도 꼭 집에 있어야 한다는 것이다. 맞는 말이다. 집에는 아이들을 따뜻하게 맞이해 줄 어른이 필요하다. 그것이 아이들의 마음을 따뜻하게 해 줄 것이라 믿는다.

아이들과 날마다 함께하며 대화한다. 그리고 나는 나에

대해서 알아가고 있다. 꿈을 가지고 살아야 한다는 강박을 버리니 진짜 꿈이 생겼다. 나의 꿈은 '진정한 나 자신이 되는 것'이다. 그리고 그것은 내가 노력하면 될 수 있다는 확신까지 생겼다. 직업이 내 꿈이 아니었다. 아이들에게 꿈에 대해서 말해주고 싶어 찾다 찾다 내린 결론이다. 그리고 나는 내 마음을 잃어버렸다고 느꼈는데 그 이후에 진짜 내 마음에 집중하며 알아가게 되었다.

아이들이 나를 키우고 더 나은 사람이 되도록 안내해준다. 그러니 나는 나의 아이들에게 매일 감사하고 더없이 소중하다. 나는 내 인생의 10년을 잃었다고 생각했는데 아니었다. 나를 알기는 더없이 소중한 10년이었다. 그래서 나는 내 인생의 방향을 다시 세우고 있다. 진지하고 조금은 가볍게 말이다. 이 느낌이 왜 이렇게 좋은지 모르겠다.

8.

아이의 눈, 부모의 눈

유진이는 12살이다. 초등학교 2학년 때부터 운동을 시작했고 선수가 되기를 꿈꾸었다. 유진이는 당차고, 씩씩했지만, 마음속은 언제나 어둠이었다. 아무도 유진이를 응원하지 않는다. 알고 있다. 운동을 하려면 돈이 필요했고 그녀의 부모는 그것을 원치 않았다. 유진이는 자신이 잘 해내기만 하면 그래도 계속할 수 있다고 생각하며 운동을 했다. 아침에 학교에 가면 운동장을 뛰었다. 몇 바퀴를 뛰든 상관없다. 운동에 집중해야 하기에 또래 친구들과는 많이 어울릴수 없었다. 그래도 괜찮다고 생각하는 유진이다. 운동장에서 달리기로 몸을 풀던 유진이는 이후에는 장비를 정비한다. 진짜 운동 준비를 한다. 운동에 필요한 도구를 몸에 착용하고 활을 집어 들었다. 그리고는 생각한다. '난 왜 대회에서는 상을 받지 못하는 것인가? 지금은 왜 이 모양 이 꼴일까?' 갑자기 말을 듣지 않는 실력과 왜 그러는지 알 수 없는 원인을 혼자 생각하느라 마음속으로 혼자 끙끙 앓았다. 누군가에게 고민을 상담할 생각은 전혀 하지 못한다. 응원받지 못하는 아이는 타인에게 기대는 방법을 모르고 큰다. 언젠가 혼자서 그 모든 것을 이겨내고 인정받는 날이 오기를 바라면서 말이다. 결국 혼자서 원인을 찾지 못한 유진이는 더는 늦어지면 따라갈 수 없을 것 같은 학업의 세계로 돌아왔다. 그리고 이번엔 공부로 시작한다. 하지만 유진이의 방식은 바뀌지 않는다. 그 누구와도 고민을 나누지 않는다. 혼자 이겨내야 하는 일이고 혼자 해야만 하는 공부였다. 역시나 만족할 만한 결과는 낼 수 없었다. 하나만 알아내면 될 것 같은데 그 벽을 넘기가 어려웠다. 그래서 유진이는 그냥 그런 인생을 살고 있다. 이 세상에는 개인만 있다. 도움은 받을 수 없다. 모든 것이 진심이 아닐 것이다. 혼자 살아가야 한다. 의심에 의심을 가지고 의심의 눈으로 살아간다.

미숙이는 착한 아이다. 아들은 아니지만 집 안의 첫째이고 믿음직스럽다. 작은 학교지만 학급 임원은 놓친 적이 없고, 매년 5월에 받는 모범 어린이상을 받지 않은 적이 거의 없는 그런 아이다. 공부도 잘하지만, 운동 실력도 나쁘지 않은 편이라 운동회 때마다 계주를 뛴다. 미숙이의 고민은 술을 자주 먹는 아빠가 고민이다. 술을 먹고는 집안의 물건을 부순다. TV도, 라디오도, 우리가 먹는 밥상도. 언젠가는 사람을 때릴 것만 같다. 그 맞는 사람이 우리 엄마가 될지, 내가 될지 모를 공포 속에서도 가출 비행 청소년이 되고 싶지는 않다. 가출하고 똘똘하게 살아갈 자신이 없어서 어떻게든 귀를 막고 방문을 걸어 잠그고 집안에 붙어 있어 본다. 술에 취하지 않은 아빠는 괜찮기 때문이다. 성인이 된 미숙이는 착한 아이 증후군이다. 그래도 자신을 성인기까지 최선을 다해 지원해 준 부모님과 잘 지내보고 싶다. 여전히 속마음은 속인 채, 착한 첫째 딸로 살고 있다.

학교에 막 입학한 주아는 기분이 좋다. 주변 어른들이 '이제 힘든 일 시작이네!'라는 말도 '이제 진짜 모든 것을 스스로 하기 시작해야 된다.'라고 얘기하지만, 자꾸 선물이 생각이 난다. 얼마 전에 받은 유치원 졸업 선물도 아직 새 거나 다름없는데. 입학 선물에 새 옷에 새 신발까지. 옷과 신발은 매년 사는 것들이지만 초등학교 입학의 특별함을 느낀다. 학교를 간다는 것이 정말 특별한 것임은 확실하다고 생각한다. 하지만 입학식에 아빠는 오지 않았다. 이렇게 특별한 날인데 아빠는 바쁘다고 오지 않았다. 그래도 이해한다. 우리 가족을 먹여 살리기 위해서는 아빠는 일을 해야 한다고 한다. 그 대신 엄마가 곁에 있으므로 아쉽지만 괜찮다고 느낀다. 하지만 자꾸 다른 친구들의 부모님이 눈에 들어오는 것은 어쩔 수 없다. 주아의 엄마가 주아에게 말한다. "주아야, 오늘 아빠 안 와서 서운하지? 아빠도 엄청나게 속상해하고 있어. 오늘 같이 하지는 못하지만 2주 뒤에는 볼 수 있으니깐, 그때 아빠랑 신나게 놀자~" 엄마가 이렇게라도 말해주면 섭섭함이 사라지는 것 같다.

주아 엄마는 현대에 살지만 예전의 보편적인 형식의 가족 형태에 불만을 토로한다. 물론 애들에게 할 말과 아닌 말은 조심히 구별하며 남편에게 얘기한다. 하지만 막상 뾰쪽한 방법은 없다. 주아 엄마도 알고 있다. 지금 우리 집의 가족 형태는 우리가 선택한 일이라는 것을 말이다. 주아 엄마는 자기네 가족을 간헐적 가족이라고 부른다. 남편 회사의 프로젝트가 시작되면 간헐적으로 만나게 되는 가족. 엄마와 아빠의 역할이 확실하게 정해져 역할을 바꾸게 된다면 한동안 그 안정적인 모습은 상상할 수도 없는 가족. 초기엔 불평, 불만이었던 주아 엄마는 남편과 많은 대화를 하려고 노력한다. 지금은 떠오르는 방법이 없지만 언젠가는 좋은 방법이 떠오를 때까지 남편과의 대화의 끈을 놓지 않으려고 한다. 주아 아빠도 주아 엄마의 소통 방식이 귀찮다고만 생각했다. 하지만 주아 엄마가 계속 방법을 찾아 헤매는 것을 보니, 이젠 고맙기도 하고 믿음직스럽기도 하다.

눈치를 채셨겠지만, 여기에서 설명하는 유진이와 미숙이와 주아 엄마는 같은 사람이다. 남궁수경이다. 하지만 주아 엄마는 유진이와 미숙이를 그냥 놔두지 않았다. 주아 엄마가 된 이후로 '성장이 멈춘 유진이와 미숙이'를 함께 어루만지고 있다. 유진이에게는 소통의 힘을, 미숙이에게는 용기의 힘을 주고 있다. 나는 어린 시절 일찍 마음의 문을 닫았다는 것을 성인이 돼서야 깨달았다. 왜 그렇게 다른 사람과의 소통을 하지 않았는지 깨닫게 되었지만, 현실적으로 크게 달라지는 것은 없었다. 오히려 알아차리게 되니 마음의 평화를 찾게 되었다. 이렇게 단순하게 해결되나 싶기도 했다. 하지만 아이를 낳고는 달랐다. 주아를 낳고는 소통에 대해서 다시 생각하게 되었다. 나의 어린 시절을 통해서 주아의 어린 시절을 탄탄히 지켜주고 싶다고 생각했다. 그렇다고 주아가 나인 것은 아니다. 내가 겪었던 것을 되풀이할 필요는 없다고 생각할 뿐이다. 한동안 몸이 아플 때 그렇게 남편이 미웠다. 어쩔 수 없는 사정이 있다는 것을 알면서도 감정적으로 몰아붙였다. 그 모습에서 나는 우리 아버지를 보았다, 사나운 눈. 정신이 퍼뜩 차려졌다. 정신을 차리고 나니 이렇게 고마울 수가 없었다. 이런 상황을 남편은 알지 못한다. 나는 나 자신을 들춰내서 회복하는 사람이 되었고, 잘은 모르겠지만 남편은 꼭꼭 숨기고 숨겨 현재를 즐기려는 것처럼 보인다. 뭐가 됐든 서두르고 재촉하지 않는다. 사람은 다 때가 있는 법이다. 내가 상처를 딛고 다시 성장을 이어 나가려고 하는 것처럼 언젠가는 그 순간이 온다. 내 어린 시절의 눈으로 우리 아이들을 바라본다. 다행히도 어린 시절의 기억이 꽤 많이 남아있어서 아이들의 마음을 다독여주고 안아주는 데 꽤 많은 도움이 된다. '일기를 자주 써서 기록을 남길걸⋯.'이라는 아쉬움이 남았다. 그래서 나는 지금 일기를 쓴다. 미래의 나를 위해서 말이다. 나는 이렇게 아이들 덕분에 성장하고 있다. 과거를 마주 보며 현재를 세공하고 미래를 확신한다. 그런 순간이 반드시 온다. 마음의 평화를 위해 우리 아버지도, 남편도 그런 순간이 얼른 왔으면 좋겠다.

자신을 마주한다는 것은 어려운 일이다. 하지만 오랜 시간이 걸리더라도 이것만큼은 해봐야 한다. 반드시 말이다.

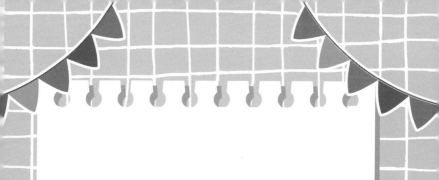

2장

삼남매의
이쁜 말과
함께하는 성장

1.

누우나, 인코스로 가

첫째가 취미로 스케이트를 탄다고 앞 장에서 이야기했었
다. 즐겁게도 타고, 거기에 더해서 한 번만 이겨보기라도 해
보기 위해 분석을 하던 그 날. 둘째와 막내는 아무 관심이
없었다. 주어진 고기에 행복해하고, 거기에 또 간식을 먹으
며 거실에서 장난감 놀이에 열중이었다. 첫째와 엄마의 회
의에는 눈길조차 주지 않았다. 다만 다른 사람이 스케이트
타는 영상을 보기 위해 영상을 틀었을 때는 잠깐씩 와서 작
은 화면 속 태블릿 PC의 화면을 힐끔힐끔 보고 가곤 했다.
'그래, 너희는 아직 관심이 없지~'란 생각을 하면서 얼른 놀
이에 집중하기를 바랐다.

유독 국경일과 재량휴업일이 많은 10월. 10월 말에 또 한 번의 대회가 있으니 우리는 시간이 나면 빙상장으로 갔다. 휴일이니 둘째와 막내도 데리고 들어갔다. 빙상장이니 엄청 춥다. 첫째는 스케이트를 타고 우리는 선수를 응원하기 위한 응원석에서 술래잡기한다. 10여 분이 지나자, 막내가 갑자기 자기는 힘들다고 하더니 의자에 털썩 주저앉는다. 나는 둘째를 잡으러 설렁설렁 뛰어간다. 갑자기 등 뒤에서 들리는 고함 소리. "누나! 인코스로 가! 안으로 들어가란 말이야~!!!" 허걱. 내 두 얼굴이 빨개진다. 아니, 그도 그럴 것이 '막내가 목소리가 저렇게 컸나? 4살 발음이 저렇게 좋아도 되는 거야? 쟤 그때 안 놀고 다 듣고 있었어?' 재빠르게 발길을 돌려 막내에게로 달려간다. 웃겨 죽겠다. 막내는 갑자기 파이팅이 됐는지 연신 소리를 질러댄다. 입에 얼른 간식을 물리고 눈길을 돌려버렸다.

집으로 돌아오는 길에 막내한테 물어보았다. "막내야~ 인코스가 뭐야? 아까 막 소리 지르던데~" 했더니 역시나 모른단다. 그냥 응원이 하고 싶었단다. 누나가 울지 않았으면 좋겠고 더 멋진 누나가 됐으면 좋겠단다. 가끔 보면 4살이 맞나 싶을 정도로 마음을 후벼 판다.

아이들은 알게 모르게 언어를 배운다. 나도 어떻게 말을 배웠는지 기억이 안 나니 아마 우리 아이들도 그럴 것이다. 가장 순수하고 이쁜 말을 하는 나이의 아이들과 살고 있다. 이제 학교에 가고 만나는 사람들이 많아질수록 늘어나는 어휘의 양만큼 쓰지 말았으면 하는 언어의 사용도 늘어나겠지. 모든 것을 받아들여야지 하고 마음의 준비를 하면서도 사실 준비가 되지는 않은 것 같다.

우리 집에는 TV가 없다. 아이들과 대화를 하고 싶고 영상에 대한 조절이 되지 않는 아이들과 실랑이하고 싶지 않아서 세 번째 이사를 하면서 필요한 사람에게 넘겨주었다. 막내가 태어나기도 전이다. 나도 TV를 보지 않고 지낸 지 오래되었다. 영상 자체를 볼 시간이 없었다. 엄마도 영상을 보지 않으니, 막내는 TV가 없는 세상에 살고 있는 것이다. 그런데 한번 영상을 접하게 된 뒤로는 매일 그 생각만 나나 보다. 이것도 보고 싶고, 저것도 보고 싶고, 보고 싶은 것이 많아졌다. 하지만 TV가 없으니 볼 수가 있나. 다행이라는 생각이 들었다. 하지만 그것이 더한 갈증을 일으키는 것 같아서 작은 화면의 태블릿 PC로 영상을 보며 조절하는 연습을 하며 영상을 본다. 그 이후로 태블릿은 아이들의 차지가 되었다. 얼마 전에 100명의 요리사가 나와서 대결을 벌이는 프로그램이 재미있다고 누군가 엄청난 추천을 해줬다. 그 이후로 기사에도 SNS에서도 계속 그 프로그램에 대한 얘기를 듣는다. 결국 몇 세 관람가인지도 모르고 다 함께 그 프로그램을 시청하게 되었다. 둘째와 막내는 '무서워~' 하며 저희들끼리 놀기 시작한다. 나와 첫째는 아주 흥미롭게 영상을 시청했다. 그런데 계속해서 거슬리는 것이 있다. 출연진들의 언어. 결혼 전에는 나도 아주 익숙했던 언어들이 이제는 거부감이 들었다. 아마 나 혼자서 보았더라면 더 집중해서 아주 재미있게 보았을 것이다. 하지만 아이를 키우는 입장이 되다 보니 많은 것에 신경을 썼다는 사실을 그 영상을 보며 알게 되었다. 첫째는 아무렇지 않게 아주 재미있게 보았다. 나 혼자서 깜짝깜짝 놀라며 봤다. 그리고 이후에 그 영상이 '12세 관람가'라는 것을 알게 되었다. '아하, 내가 잘못했네~'라는 생각과 함께 영상을 시청할 시기를 잘못 선택한 나 자신을 탓했다.

언어는 참으로 중요하다. 혹시나 상상을 해본 적이 있는 가? 5살짜리 이쁜 아이가 내뱉는 말이 모두 욕설이라면? 상 상조차 할 수 없다. 5살 고운 아이들의 기발한 언어에 욕설 이 섞인다면 그 사회는 안 봐도 뻔한 험악한 사회일 것 같다. 상상하고 싶지도 않다. 그래서 더욱 언어의 중요성을 느낀 다. 우리 막내가 외친 '엄마의 욕심'이 섞인 말은 나를 되돌 아보게 했다. 정말 나의 욕심일까 싶었고, 그 후엔 '나도 배 워가고 있구나.'를 느끼게 해준 말이었다. 아이는 나를 비추 는 하나의 거울이 아니라 연속적인 모습의 그 무언가였다.

아이들을 보면 하얀색 백 도화지가 떠오른다. 그 백 도화 지에 한 방울 한 방울 잉크를 떨어뜨려 점묘화 같은 작품을 만들어 나간다. 점으로 찍어 나간다. 어떤 색깔의 물감으로 칠하기 시작하느냐에 따라 도화지의 전체적인 느낌이 달라 질 것이다. 처음부터 강한 느낌의 검은색 방울을 떨어뜨린다면 그다음은 어떤 색으로 채워야 할지 고민이 많아진다. 그래서 어두운 느낌의 색은 도화지가 어느 정도 채워진 다음에 떨어뜨리고 싶었다. 어두운 색도 중요하기에. 아무튼 그래서 어린아이들을 떠올릴 때는 파스텔톤의 예쁜 색깔이나 노랑, 파랑, 핑크 등의 밝은 색을 떠올리는 것이 아닐까? 우리는 모두 그런 밝은 색으로 시작했을 것이다. 지금 나의 도화지는 백 도화지는 아니다. 어느 정도 채색이 이루어진 그림. 이제는 선명하게 만드는 일이 남은 그런 그림 작품이다. 나는 나의 작품은 사진처럼 선명하게 만들고 싶다. 부모님이 채워주신 밑바탕에 나의 그림을 채워간다. 나의 그림을 채워가며 나의 아이들의 밑바탕을 채워주는 일을 한다. 이 작품이 언제 완성이 될지는 아무도 모른다. 그저 오늘 하루도 나의 점들이 하나씩 찍힐 뿐이다. 2장은 나와 우리 아이들의 언어에 대한 추억과 성장에 대한 이야기이다. 아이를 키우며 다채로워지며 근사해지는 엄마의 언어가 더 많겠지만, 그 결과로 나오는 아이들의 언어를 써보고자 한다. 과연 우리 집의 언어 색깔은 무슨 색깔일까? 그리고 이 책을 읽고 있는 독자분들의 언어 색깔은 무슨 색일지도 궁금하다.

2.

기분이 우울해서 빵 좀 샀어

MBTI? 아직 잘 모른다. 어딘가에서 하는 부모 교육을 할 때 꽤 오랜 시간 질문지에 답변을 체크하고 검사를 하기도 했었는데 별 재미를 느끼지 못했다. 아이도 어렸고, 어른 사람과 많이 만나지 않던 시기이다. 그러니 요즘 뭐가 유행하는지 어떤 사건·사고가 있는지 알지 못하고 살던 시기였다. 그러다가 어른 사람을 만나는 횟수가 점점 늘어나면서 화제는 자연스럽게 MBTI란 것으로 간다. 도무지 알아듣지 못하겠는데 성격이 16가지로 나뉜다고 했던가? 대화에 낄 수 없을 정도라 온라인으로 검색했다. 내 결과는 도무지 기억이 안 난다. 필요한 정보만 취할 뿐이다. 그러다가 어떤 문장을 봤다. '나… 기분이 우울해서 **빵** 좀 샀어.'란 문장으로 사고형의 사람인지 감정형의 사람인지를 알 수 있다는 것이다. 사고형은 MBTI의 T(Thinking)로 표시하고 감정형은 F(Feeling)로 표시한다.(이하, T와 F로 표기한다.) T인 사람은 원리, 원칙의 기준을 중시하고, 과정보다는 결과를 중시하는 경향이 조금 더 큰 편인 사람이다. F인 사람은 T와는 상대적으로 과정을 보려는 경향이 있고, 나에게 주는 의미와 영향을 중시하며 사람과의 관계에 초점을 맞춘다고 한다. 나는 어떤 사람일까? 생각해 봤는데 잘 모르겠는 거다. 나 자신은 모르겠지만 우리 아이들은 어떤 성향인지 궁금했다. 그래서 바로 써먹어 봤다.

"얘들아~ 엄마가 기분이 우울해서 **빵** 사려고…."

우다다다다다

"얘들아~!"

"엄마, **빵** 사러 간다고? 같이 가자!!" 2살, 4살, 7살의 답변이다. 하하하. 엄마 말은 잘 듣지도 않고 놀기에 바쁜 어린이들에게 무슨 결과를 보자고 질문을 했는지. 모두 함께 손을 잡고 집 근처에 있는 빵집에 **빵**을 사러 가는 것으로 결론지어졌다. 간식에는 진심인 아이들. 엄마의 감정이 어떤 지는 전혀 궁금하지 않았나 보다. 그러다 시간이 흘러 1년이 지난 어느 날.

어린이집에서는 가을이 되면 아이들의 김장 체험을 위해 부모 지원자를 받아 무 썰기 행사를 한다. 부모들이 썬 무로 아이들은 '깍두기 담기' 체험을 한다. 두 손을 번쩍 들어 자진해서 무를 썰러 간다. 그러고는 한 시간 동안 열심히 무를 썰었다. 이런 장시간의 칼 쓰기는 처음인지라 손에 물집이 잡힌 부모가 한둘이 아니었다. 평소에 요리를 잘 안 하는 것이 티가 난 것 같아 멋쩍은 미소로 일회용 밴드를 붙인다. 그러고는 초등학교 1학년인 첫째를 데리러 학교 앞으로 간다. 그리고는 얼른 일러버렸다. "첫째야, 엄마가 어린이집 무 썰기 행사 다녀왔거든~ 근데 여기 봐봐~ 물집이 잡혔어. 이따가 설거지해야 하는데. 어휴." 그러자 첫째가 번뜩이는 아이디어가 떠오른 듯이 아주 해맑게 답변을 해주었다. "엄마! 방수 밴드 붙이고 설거지하면 되지~" 아하, 우리 첫째는 엄마의 아픔 따위는 아랑곳하지 않는 결과형으로 말해주는 아이구나 싶었다. 그냥 밴드도 아니고 방수 밴드를 붙이라는 치밀함까지. 조금 웃겼다. 첫째의 반응을 보니 둘째와 막내의 반응이 궁금해졌다. 작년과 같은 실수는 하지 않으리라 생각하며 둘째와도 단둘이 있을 상황을 만들었다. "둘째야, 엄마가~" 하며 같은 질문을 했다. 6살 둘째는 "엄마, 많이 아프겠다~ 내가 호~ 해줄게. 설거지는 내가 한번 해볼게."

아, 친절하다. 친절해. 마음의 평화가 찾아옴을 느끼며 둘째에게 고마움을 표시했다. 이쯤 되니 단둘이 말하면 아이들의 진짜 반응을 볼 수 있는 것 같아 3살 막내의 반응이 너무나 궁금해졌다.

어린이집에서 하원을 한 막내의 가방을 살피며 막내의 두 눈을 바라보며 이야기했다.

"막내야, 엄마가 어린이집에서 무를 썰었는데, 이렇게 물집이 잡혔어~ 엄청 아파~ 이따가 설ㄱ…"

어휴, 막내는 말을 끝까지 듣지도 않았다. 그냥 달려가 버렸다. 막내의 가방을 정리하고 막 일어서려는데 막내가 뭔가를 '툭' 던지며 한마디 한다. "아파? 붙여!"

어린이들의 만병통치약을 하사받았다. MBTI인지 뭔지

잘 믿지는 않지만, 이런 테스트 형의 질문으로 재미있는 결과를 얻어냈다. 한 뱃속에서 태어났지만 이렇게나 다르다는 것을 확실히 알았다. 그리고 아이들에게 어떻게 반응을 해줘야 확실한 결과를 얻을지도 대충 감을 잡았다. 저희 집 어린이들은 친절하다. 얘기를 들어주었고 각자가 할 수 있는 최선의 방법을 제시해 주었다. 아마 다른 집도 크게 다르지 않을 것이라 생각한다. 답변의 스타일은 많이 다를 수 있지만 각자가 골똘히 생각해 낸 자신들만의 답변으로 제시할 것이다. 정답이 없는 대화에 정답을 세우지만 않으면 될 것 같다. 작다고만 생각했던 아이들의 머릿속에서 무언가가 활발히 생성이 되고 있다. 오늘 하루도, 내일도 성장하는 아이들의 미래가 문득 궁금해졌다. 내년엔 다른 답변이 나올지도 궁금해진다.

그나저나 여러분은 어떤 반응을 보일 것인가? 나는 이렇게 반응할 것 같다, 아마도.

'아휴~ 그러게 적당히 하랬지~ 네가 적당히를 몰라서 물 집 잡혀 와 놓고 엄살은~! 설거지는 어쩔 수 없지 뭐. 오늘은 내가 해줄게.'

3.

세상의 모든 이쁜 말

"오리는 꽥꽥, 오리는 꽥꽥, 염소 매에~ 돼지는 꿀꿀~♬"

"붕붕붕~ 아주 작은 자동차~♬"

어린 시절 열심히 불렀던 동요를 다시 부르기 시작했다. 아이들과 있으면 노래는 빼놓을 수 없다. 신생아였을 때부터 시작했던 동요 부르기는 10년째 이어오는 중이다. 자장가는 '엄마가 섬 그늘에~'로 시작하는 〈섬집 아기〉로 불렀다. 중·고등학교를 다니던 이후로 이렇게 하루 종일 노래를 달고 살았던 적이 없다. 하루 종일 노래를 불러도 되는 기회가 주어진 것처럼 노래를 달고 살게 된다. 의성어, 의태어가 잔뜩 들어간 노래도 이렇게 신이 날 수가 없다. 사실 나는 말이 별로 없는 편이다. 말이 없는 내향인이며, 듣는 것에서 재미를 느끼는 편이다. 그래서 첫째를 낳고는 고민이 많았다. 아이에게 말을 많이 해주어야 말을 금방 배운다고 하는데, '하… 말하기 싫다.'가 나의 솔직한 심정이었다. 그렇게 고민을 하다가 찾은 것이 책 읽어주기와 노래 부르기이다. 효과는 아주 좋다. 시간이 금방금방 간다. 아이를 낳고 나면 '아이와 뭘 하며 지낼까?', '누워만 있는 아기와 뭘 해야 재밌을까?'를 고민하게 되는데 이 두 가지 방법을 진심으로 추천하는 바이다. 아이가 일어서기 시작할 즈음부터는 춤을 추기 시작하면 하루하루가 파티의 날이 될 것이다. 그리고 아이의 말이 트이고 난 이후로는 주고받기도 가능해지니 더욱 흥이 늘어난다. 선창과 후창이 가능해진다. "I say 오리는, You say 꽥꽥! 오리는! 꽥꽥! 오리는! 꽥꽥!" 흥겨운 삶이다. 하하하.

말이 어느 정도 트이고 나면 직관적인 언어의 시대가 온다. 솔직한데 얄미운 시기. 아이한테 눈치를 주는 시기이다. 나는 한국인의 인사성을 참으로 좋아한다. 약간이라도 낯이

익다면 우선 "안녕하세요." 하고 인사를 한다. 특히 아파트 단지에서는 아이 부모들이 많기에 대화를 나누지는 않았지만 친절하게 인사를 나누는 이웃들이 많다. 오늘도 아이의 손을 잡고 산책을 하다가 인사를 한다. "안녕하세요~" 그럼 아이가 큰소리로 묻는다. "저 사람 누구야?" 처음엔 너무나 당황해서 아이에게 조용히 타이른다. '이웃이야~ 그리고 저 사람이라고 하면 안 되고 저분이라고 높임말을 써야지~' 난 아이가 셋이다. 이젠 당황하지 않는다. 막내를 데리고 놀이터에 간다. 역시나 낯만 익은 여러 부모에게 인사를 한다. 그리고 상대 아이에게 들려오는 소리. "누구야?" 아이 엄마가 당황했다. 내가 먼저 선수를 친다. "응~ 아줌마는 이웃이야~ 만나서 반가워~" 아이로 인해 아는 이웃들이 점점 늘어나고 있다. 사실 이런 건 귀여운 사례인 것 같다. 외모에 대해 직관적으로 말할 때는 등골에 땀이 흐를 때도 많다. 참으로 하나부터 열까지 가르쳐야 할 것들이 많다.

요즘 막내는 엄마를 놀리는 재미에 빠진 것 같다. 누나들은 누군가를 놀리거나 그런 적이 없는데, 유독 막내만은 가르치지도 않았는데 사람을 놀리는 재주를 타고난 듯 자라고 있다. 사실 그 모습조차 너무 신기하다. 어느 날, 막내가 내 티셔츠를 확~! 걷어 올린다. 그러면서 손바닥으로 통통 치며 하는 말. "엄마 배는 뚱뚱해♬, 엄마 배는 뚱뚱해♬."(오리는 꽥꽥 음에 맞춰서) 그런다. 아~ 너무나 웃긴다. 이런 건 어디서 배워왔는지 알 수가 없다. 장난기는 타고나는 것인가? 궁금해진다.

막내가 며칠 전에 자장면을 먹고 싶다고 노래를 불렀다. 그래서 어린이집 하원 후 바로 먹을 수 있게 자장면을 준비해 놓았었다. 그런데 내가 만든 짜장 소스를 본 막내가 단호하게 말한다. "그거 아니야." 그리고 무언가를 다급하게 꺼내온다. 그것은 바로 '짜파게티'였다. 아오, 며칠 전부터 먹고 싶다고 졸라댄 자장면이 짜장 라면이라는 것을 알고 나니 조금 얄미워졌다. 막내가 바닥에 등을 붙이고 조르기 시작한다. '짜장면 해줘~' 대기업의 맛에 빠져버린 막내에게 대기업의 '짜장 라면'을 갖다 바쳤다. 첫째와 둘째도 짜장 라면에 합류했다. 나는 그 앞에서 잔소리를 하며 짜장밥을 먹었다. 나는 다음 날 아침 식사에도 짜장밥을 먹었다. 첫째와 둘째는 미안했는지 조금은 함께한다. 알고 있다. 우리 아이들은 채소를 싫어한다. 그래서 아주 잘게 썰어 넣은 채소라도 먹지 않으려고 한다. 실수로 들어간 파를 귀신같이 알아내고 입에서 골라내는 모습을 보고는 채소를 싫어하는 마음을 조금은 이해해 보려고 했다. 그리고 골고루 먹는 날이 오기를 기다리며 이렇게 저렇게 시도해 보고 있는 것이다. 그 마음을 막내가 알 리가 없다. 그렇게 짜장밥을 먹고 있는데 막내가 나를 부른다.

"엄마."

"왜."

"엄마, 미안하고 사랑해~"

아주 나를 들었다 놨다 한다. "막내야~ 그런 말도 할 줄 알아? 이야~ 고마워~" 그리고는 첫째와 둘째의 사랑 고백도 이어진다. 흐뭇한 장면이다. 그런데 그 말에 내가 감동을 받은 것이 느껴졌나 보다. 우유를 잔뜩 흘려놓고는 씨익 웃으며 "엄마, 미안하고 사랑해~"한다. 응? 말끝이 좀 높아진 것 같은데~ 싶다. 10kg 쌀을 흩뿌려놓고 "엄마, 미안하고 사랑해~" 아이고 이놈아! 아주 자알 써먹는구나! 능글능글 맞은 4살이다.

여기서 나는 부모가 되어서 좋은 점을 알았다. 그것은 아마도 청량하고 따뜻하고 맑은, 언어의 사용 지대에 산다는 것이다. 아무리 엉망진창이 된 상황이 와도 약자에게 험한 말을 하진 않는다. 아이들에게 설득과 말하는 법에 대해서 가르칠지언정, 가르치다가 내 가슴을 두드릴지언정 가르친다는 것을 포기하지 않는다. 아직은 감동과 얄미움을 동반한 아이의 언어 세계에 푸욱 빠질 수 있을 것만 같아서 행복한 하루가 될 것 같다. 하늘 어딘가를 바라보며 두 손 모아 감사의 인사를 전한다. '세 아이의 엄마가 되게 해주셔서 감사합니다.'라고 말이다.

4.

징징징 훌쩍훌쩍

또 시작이다.

또박또박 말 좀 했으면 좋겠는데 오늘도 시작됐다. '엄마 아아아~' 오늘은 나도 힘든 날이라 받아줄 수가 없다. 엄마 라고만 불렀을 뿐이지만 무슨 말인지 안다. 놀이터에서 더 놀고 싶다. 놀이터에서 친구를 만나기로 했다. 친구랑 놀다 가 간식도 먹고 술래잡기도 해야 하고 아무튼 놀고 싶다는 말을 '엄마아아아~'에 잔뜩 담아 함축적으로 의미를 전달한 다는 것을 알고 있다. 그 징징댐에 내 마음에서는 무언가가 솟구쳐 오르지만, 그것을 뱉어낼 수는 없다. 하루 이틀이 아 니다. 일상이고 하루에 기본 세 번 이상은 듣는다. 세 명이니깐. 첫째라고 다르지 않다. 첫째는 닭똥 같은 눈물을 뚝뚝 흘린다. 말을 안 듣는 동생들에 대한 울분이 느껴지니 하나하나 감정선을 체크한다.

첫째를 낳고는 육아서를 탐독했다. 아이의 감정에 대한 부분이 눈에 많이 갔다. '아이의 감정을 알아채고 그 감정을 읽어주어라.' 육아는 애바애(애 by 애)다. 경우에 따라 다르다는 케바케(case by case)라는 말에서 따온 말로 애마다 다르다는 말이다. 첫째 때는 몰랐다. 아무리 '애바애'라지만 감정은 자연스럽게 배워가는 것이라 생각했다. '이런 것까지 가르쳐줘야 한다고?' 하며 의문스러워했다. 그래도 전문가가 이렇게 얘기하니 굉장히 설득당해 미취학 아이의 마음을 읽어주는 '마음 읽기'를 엄청 열심히 하고 살았다. 하지만 간과한 것이 있었다. 마음을 읽어주는 것이 오냐오냐하기만 하라는 것은 아니었는데 잘못 해석했다. 병원에서 발작하듯이 두려움에 파묻혀 난리를 치는 것을 보고 급선회했다. '마음은 알아차리되 표현 방법은 배워가자. 모든 사람이 '엄마'일 수는 없다. 그러니 '우리는 또박또박 말하는 것부터 시작하자'고 했다. 그리고 우리는 열심히 연습을 하고 있다.

아이들이 아주 어릴 때는 말을 못 하니 눈치코치로 상황을 파악하고 그 상황에 대처한다. 이것도 처음에만 어리둥절하지 곧 척척박사가 된다. 짧은 울음에서 긴 울음으로 이어지기 직전이면 모든 상황 종료다. 그래서 막내만큼은 울음 끝이 길지 않다. 눈치를 살피는 엄마의 상황 판단력은 아주 일취월장했다. 나는 아직은 본능 편 쪽이 더 횟수가 높지만, 자녀의 사춘기 그 이상을 겪어오신 부모님들은 눈치코치가 얼마나 향상되었을지 안 봐도 뻔한 일이다. 나는 요런 쪽에서 약간의 희열을 느낀다. 울리지 않고도 아이를 키울 수 있을 것 같은 자신감이 있다. 그런데 이것이 굉장히 위험하다는 것을 안다. 첫째 때 배웠으니깐. 아기는 의사 표현을 해야 한다. 온몸으로 표현을 하면 그때 '어이구 그랬어?'로 화답한다. 태어나는 순간부터 아이와 상호작용, 의사소통을 해야 한다. 그래야 의사소통을 하는 아이로 자란다. 절대로 하루아침에 이루어질 수 있는 능력이 아니다.

이쯤에서 성인이 된 어른들에게 질문을 해보고 싶다.

"아이들은 언제부터 자신의 의사를 확실히 표현한다고 생각하시나요?" 말이 트였을 때부터? 초등학생이 된 다음에? 아니면 어느 정도의 어휘력을 습득한 이후에? 마음속으로 답을 정하셨다면 두 번째 질문으로 넘어가겠습니다. "여러분은 여러분의 의사를 또박또박 말로만 표현하시나요? 짜증이나 욕설, 표현의 부족으로 오해를 사신 적은 없나요?"

아이를 키우면서 시작된 나의 습관은 질문과 답변을 번갈아 가며 생각한다는 것이다. 곧 마흔인 나는 말로 제대로 된 내 마음을 표현하지 못해서 여전히 고민이다. 가끔 오해를 불러일으키는 말을 하기도 하고 짜증이 가득한 얼굴로 입도 벙긋하지 않기도 한다. 그리고 온몸으로 표현한다. '지금 짜증 나는 상태니깐 말 걸지 마~!'라고 말이다. 의사소통은 말로만 하는 것은 아니다. 그러니 방금 태어난 아이도 온몸으로 자신을 표현하고 있는 것이다. 눈치가 빨라서 표현하기도 전에 말문을 닫아버리면 안 되는 것이다. 울음도 표현의 수단이다. 어른도 울 수 있다. 또박또박 말 잘하는 어른만

이 세상에 있는 것은 아니니깐.

　남편에게 또박또박 말을 해주면 정말 좋겠다고 그렇게 말을 했다. 마음을 표현해 주고 하루 일과를 공유하고 알콩달콩하며 지내면 참 좋겠다고 생각했다. 무거운 어깨의 짐을 함께 짊어지고 허리는 굽어도 서로를 바라보며 미소를 짓는 그런 부부가 되고 싶었다. 이 생각은 처음 부분부터 힘들게 했다. '말'이라는 것이 생각보다 또박또박 나오지 않는다. 힘들면 쉬고 싶고 그때 말을 걸면 '징징'대고 싶어진다. 애들만 그런 것은 아니다. 하지만 나는 '엄마'이니 우선은 알려준다. '말'은 참 간단한 표현의 수단 중 하나다. 연습만 하면 확실하게 내 의사를 전달할 수 있다. 그러니 우리 오늘은 훌쩍훌쩍 그만 울고, 징징징 떼쓰지 말고, 이쁘게 말해보자~

5.

몰라, 기억이 안 나

우리 첫째는 5살에 유치원부터 다니기 시작했다. 어린이
집은 아주 조금 다녔다. 그런데 5~6살 즈음이 코로나가 한
창인 시기였다. 5살엔 거의 못 가다시피 하였고, 6살엔 조금
더 많이 갔고 본격적으로 다닌 것이 7살이다. 그러니 첫째는
나와 오랫동안 집에서 함께 있었다. 심심한 엄마인 나는 아
이의 심심함을 지켜보지 못했다. 그래서 나는 시간표를 짰
다. 아침 먹고 1교시는 무조건 산책 시간이다. 아침 시간엔
사람이 거의 없기에 마음껏 돌아다닐 수 있었다. 2교시는 촉
감 놀이, 3교시는 노래 부르며 율동 이런 식으로 신체 놀이,
그림그리기, 물감 놀이, 모래놀이, 그림책 육아, 영어 놀이,

과학 놀이 등 많은 활동을 하였다. 물론 초등학생이 된 지금
은 하나도 기억나지 않는다고 한다. 모든 활동에 놀이라는
단어를 붙여서 놀아주었다. 이런 식으로 하루를 보내고 나
면 일상이 놀이로 가득 찬 느낌으로 심심할 틈이 없는 하루
를 보낼 수 있었다. 이렇게 생활하던 아이가 유치원을 다니
기 시작했다. 유치원에 다녀온 아이에게 질문을 쏟아부었
다. '오늘 유치원은 어땠어? 재미있었어?'라고 말이다. 이때
우리 첫째의 대답은 "몰라, 기억이 안 나~"였다. 이 대답은
초등학생인 된 지금까지도 일관적이다.

그렇다면 둘째는 어떨까? 둘째도 똑같다. 어린이집에 다
니는 막내만 가끔 이야기를 풀어놓는다. 딸, 딸, 아들을 키
우고 있는 나는 막내인 아들에게서 하루 일상을 듣게 된다.
딸들은 얘기해주지 않는다. 딸들의 '몰라, 기억이 안 나~'의
말 뒤에 항상 붙는 말이 있다.

"우리 이제 뭐 할까?"

그렇다. 다 내가 자초한 일이다. 심심함을 견디지 못한 엄
마에게 적응한 아이들은 계속하여 다음 단계의 놀이를 원하

고 있었다. '지금 유치원에서 있었던 일들이 중요한 게 아니야~ 바로 놀이를 시작해야 해~!'라는 눈길로 쳐다본다. 정말이지 부담이 가득한 눈빛이다. 이제는 그냥 일주일에 한 번 정도만 놀이하기로 했다. 예전에 저런 열정을 보였던 나의 모습은 아이들이 셋이 된 이후엔 수준을 맞추기가 어려워서 잠정 보류했다.(놀이만 하면 그렇게 싸워댄다…….) 지금 우리 집의 세 명이 동시에 할 수 있는 놀이는 '괴물 놀이'를 가장한 술래잡기 정도이려나? 당연히 괴물은 나다. 사실 나도 신난다. 운동할 시간이 없어서 애들하고 놀 때는 나도 최선을 다한다. 집에서는 뛰면 안 되니 놀이터에 나가서 신나게 뛰어본다. 괴물도 되었다가 경찰도 되어본다. 단순한 '잡기 놀이'에서 규칙이 조금 추가되어도 되는 나이가 되었다. 괴물 놀이에 '얼음—땡'을 추가한다. 감옥도 만들어본다. 규칙을 만들수록 재미있어진다. 아이들도 신나지만, 엄마인 나도 신나는 '괴물 놀이' 시간이다. 덕분에 하루에 만 오천 보씩 걷고는 했다.

한동안 '몰라, 기억이 안 나~'라는 이 얘기에 고민이 많았다. '우리 애들은 엄마랑 대화하기 싫은가?' 싶어서 말이다. 그런데 함께 놀다 보면 틈틈이 얘기해준다. 간식을 먹는 순간에 갑자기 얘기를 해준다. 잠을 자려고 누워 있다가 뭔가가 불현듯 생각이 나서 얘기를 해 준다. 아이의 학교와 유치원 생활을 모두 다 알 수는 없지만 틈틈이 해주는 얘기에서 '사회생활을 잘하고 있구나~'를 엿듣는 기분이었다. 그리고 아이들이 엄마에게 하루 이야기를 하지 않는 이유 중에 '엄마가 걱정할까 봐~'도 있었다. 그 걱정도 함께 할 수 있는 엄마가 되고 싶지만, 아이들이 부담스럽다면 일부러 캐내지는 않는다. 자녀들의 사생활이라고 생각하기 때문이다. 나도 어렸을 때, 학교가 끝나고 집으로 돌아오면 그냥 누워서 쉬고 싶을 때도 많았고, TV를 보고 싶은데 말을 거는 엄마가 귀찮다고 생각했었다. TV 볼 때 특히 중요한 장면에서 심부름하라고 할 때면 눈물을 뚝뚝 흘렸던 기억도 있다. 그럼 더 말하기가 싫어졌고 말이다. 말이란 것은 시켜서 하는 것보다는 내가 뭔가를 말하고 싶어야 술술 나오지 않나. 나도 그런데 세상에 나온 지 10년도 안 되는 아이들을 데리고 많은 것을 기대하는 것은 욕심일 것이다.

이런 엄마와 함께이니 우리 집은 많은 인원수에 비해서 참 조용한 집이다. 여러 번 이사하면서 TV도 없앴다. TV를 없애니 대화의 시간도 약간 늘어났다. 그래도 여전히 참 조용하다. 막내의 말이 점점 많아지면서 그 정적은 조금씩 사라지고 있지만, 우리 가족의 또 다른 대화의 형태를 만들어 주는 것 같아서 오히려 고마울 때도 있다. TV를 없애버린 건 정말 잘했다는 생각이 든다. 아이들에게는 나중에 사자고 했다. 우리가 목표로 하는 것이 있는데, 그것을 어느 정도 달성하면 사기로 했다. TV가 없는 동안은 나는 아이들에게 집중하기로 했다. 틈이 나는 대로 질문을 하고 답변을 기다린다.

오늘도 세 아이의 하굣길에 묻는다. "오늘 하루는 어땠어? 재미있었어?" 아직은 여전히 "몰라, 기억이 안 나~"라는 답변이 돌아오지만, 엄마는 포기하지 않는다. "엄마는 너희가 학교 간 다음에 달리기했어. 너~무 하기 싫었는데 하고 났더니 그렇게 뿌듯하더라? 몸도 막 날아갈 것 같이 가뿐해졌어~"라며 과장을 약간 섞어서 얘기를 한다. 그랬더니 관심이 돌아온다. 질문을 받는다. 어제는 어떻게 해야 할지 고민하던 나도, 하루하루 발전하고 있다. 듣기만을 원했던 마음에서 내 하루가 어땠는지를 알려주며 대화를 시도한다. 학원으로 이동하는 동안의 짧은 대화이지만 마음이 따뜻해지는 순간이 많아지는 대화의 순간들이 늘어난다. 이거면 됐다. 내 아이지만 천천히 다가간다. 마음에 들지 않는 답변이 와도 기다려야 한다. 이렇게 부모의 마음을 배워간다.

6.

거짓말이 찌릿찌릿

싸운다. 또 싸운다.

정말 신기한 게 4살 막내는 놀리기 학원에서 배워온 듯한 솜씨로 6살인 둘째 누나만 놀린다. 말을 따라 하고 아닌 척! 한다. 둘째 누나가 그림을 그리고 있으면 어디선가 사인펜을 들고 와서 정성스럽게 색칠하는 곳에 선 한번 그어보고 달아난다. 누나의 핑크색 드레스가 탐이 나서 울고불고 졸라서 기어코 핑크 드레스를 빼앗아 입는다. 빨간 구두를 신고 어린이집에 간다. 태권도를 다니는 누나들을 따라 한다며 엄청 진지한 얼굴로 두루마리 휴지를 허리에 두르고 품새를 흉내 낸다. 오늘 배운 품새 자랑을 하는 작은 누나 옆에서. 우유를 먹다가 흘리고서는 아닌 척! 딴짓을 한다. 코딱지를 입에 넣기 위해 얼굴을 숨긴다. 부끄러운 건 아나보다. 방귀 선물을 두 손 가득 모아온다. 그리고 둘째 누나에게 그 선물을 주려고 한다.

귀여운 장난으로 시작했지만, 작은누나는 점점 기분이 나빠진다. 그러다가 결국은 싸우게 된다. 결국 둘째가 울면서 달려온다. 막내 좀 혼내달라고 말이다. 막내도 울면서 달려온다. 누나 좀 혼내달라고 말이다. 둘 다 진심으로 억울한 모습이다. 어찌 된 상황인지는 다 알지만 둘째와 막내에게 상황을 설명하라고 한다. '막내가 말을 따라 했다.', '누나가 말을 따라 했다.' 아주 난리다. 나는 지혜로운 솔로몬이 되어야 하는 상황이 되었다. 어느 누구의 편을 들어서는 안 된다. 하지만 잘잘못을 가려야 한다고 생각하고 진실을 말할 기회를 준다. 눈을 감고 있는 두 아이 중에 아무도 입을 열 생각을 하지 않는다. 그때! 첫째가 손 모양을 전화기로 하고 나타난다. 그리고는 '산타 할아버지'에게 전화하는 흉내를 낸다. "산타 할아버지~ 동생들이 자기 잘못을 모른척해요~

선물 준비하실 때 참고하세요~" 이 짧은 말에 막내가 주저앉아 오열한다. "전화하지 마!!!"

오늘의 상황은 '산타 할아버지'가 해결해주었다. 정말 고마우신 분이다. 첫째의 명연기 또한 한몫했다. 막내의 울음이 끝나고 어느 정도 진정이 된 후에는 품에 안고 얘기를 한다. 그동안 고민도 하지 않았던, 하지만 막내를 키우며 계속하게 되는 고민을 오늘 말로 설명한다. 목소리는 높이면 안된다. 단호해야 한다. '누나가 싫다고 하는 행동은 하지 마. 그리고 사실대로 말하는 것이 진짜 멋진 거야. 용기 있는 사람만이 자신의 잘못을 마주하는 거거든. 엄마는 우리 막내가 용기 있는 사람이 되었으면 좋겠어.'라는 의미로 전달한다. 하지만 막내가 제대로 알아들었는지는 알 수 없다. 아마 앞으로 수백 번을 얘기해야 할지 모른다.

나는 말을 했다가 또 하는 것을 싫어했다. 다 아는 내용을 굳이 여러 번 얘기할 필요가 있냐는 생각이 강했기 때문이다. 특히 청소년 이상의 사람들을 만날 때는 말이다. 그래서 같은 얘기를 두 번째 하는 상황이 생기게 되면 괜히 위축된 느낌에 말을 더 아꼈다. 그래서 나는 말을 잘하지 못한다는 생각에 입을 잘 열지 않아 조용한 사람이 되었다. 그리고 진짜로 조용한 사람이 되었다. 그런데 아이들이 있으니 그럴 수가 없는 것이다. 아이들은 정말로 백지 상태다. 눈에 보일락말락 하는 점으로는 어떤 것도 알려주지 못한다는 것을 깨달았다. 백 번이 아닌 천 번을 얘기한다고 다짐하며 했던 얘기 또 하고, 또 하고를 반복한다. 나는 지겹고 지치지만 아이들은 항상 처음 듣는다는 듯이, 몰랐다는 듯이 나의 얘기를 듣는다. 그런데 어느 날 첫째가 와서 이런 말을 했다. "엄마, 나 드디어 엄마 말을 이해했어. 어릴 땐 너무 어려웠는데 어느 순간 '확' 이해가 됐어. 그리고 우리 선생님도 엄마랑 똑같은 말을 하더라." 정말 눈물이 날 뻔했다. 아이를 키운다는 건, 애들이 알아서 자라고 있는 것처럼 보이지만 백 번, 천 번과도 같이 반복한 나의 말을 이해한 아이의 말에 열매를 맺는 듯한 보람을 느꼈다. 이 말을 듣고 다시 힘이 생겼다. 내가 중요하다고 생각하지 않았던 것들이 사실은 기본이었고 기본을 지키는 것이 중요했다.

둘째와 막내에게 열심히 알려준다. '거짓말은 할 수 있어. 하지만 솔직하게 말하는 용기 있는 사람이 되었으면 좋겠다.' 하고 말이다. 지금은 이 말을 한 열 번쯤 얘기한 것 같다. 둘째는 거짓말을 잘 안 하니 모르지만, 막내에게는 기회가 생길 때마다 이 얘기를 하고 있다. 그리고 끝까지 상황을 우기면 아닌 줄은 알지만 우기는 대로 믿어준다. '엄마는 너를 믿어.' 이 마음이 막내에게도 전달이 되기를 바라면서 말이다. 알면서도 모르는 척하는 내 마음이 찌릿찌릿하다. 언젠가 막내가 눈에 보이는 거짓말을 용기 내서 밝혀준다면 이렇게 얘기를 해주고 싶다.

'솔직히 말해 줘서 고마워.'라고 말이다.

7.

엄마는 동생만 이뻐해

🍃

나는 차별과 비교를 너무도 싫어한다. 특히나 자녀가 둘 이상인 집에서는 부모의 한마디 한마디에 성인이 된 자녀들도 서운함을 마음에 담고 살게 된다. 아! 외동인 집도 비교 대상은 널리고 널렸다. 외동으로 많은 지원을 받으며 자랐지만, 학창 시절에 마음고생 심했던 친구도 있다. 그래서 나는 서로를 북돋워 주는 평화롭고 행복한 가정을 보면 한없이 부러워하던 시절이 있었다. 물론 TV나 책에서나 봤다.

이제 나는 가정을 이루었고 세 명의 아이와 함께 살고 있다. 책임감이 솟아오른다. 나는 내가 꿈꾸었던 가정을 우리 아이들에게 선물해 주고 싶었다. 둘째를 임신하고 읽은 책도『첫째 아이 마음 아프지 않게, 둘째 아이 마음 흔들리게 않게』였다. 나는 자매 사이의 관계를 돈독하게 만들어 주고 싶었다. 막내를 임신하고는 다자녀와 관련된 책을 찾아봤지만 내가 원하는 관계에 대한 책은 그 당시에는 찾을 수 없었다. 그래서 '맘카페'에 자문을 구했다. 첫째로 자란 사람의 이야기, 둘째로 자란 사람의 이야기, 막내로 자란 사람의 이야기. 대체로 막내들은 행복했다는 이야기가 많았고, 둘째는 서러움이 꽤 있었다. 첫째는 첫째로서의 책임감이 역시나 화두였다.

자녀를 키우며 알게 된 한 가지는 '아이의 첫 번째 상처는 엄마가 준다는 것'이다. 요즘은 양육자의 형태가 다양하니 상처를 주는 사람은 아마도 주 양육자가 되겠다. 어쩔 수 없이 가져야 하는 부모의 역할이지 싶다. 그래서 나는 감정을 뺀 훈육을 위해 많은 노력을 한다. 출산 후 회복이 되지 않았을 때는 마음의 '화'가 정말 많았다. 그 화는 쉽사리 잠재우기 힘든 불길 같아서 잘 꺼지지도 않았다. 아마 약해진 체력에 감정까지 들쭉날쭉하니 산후우울증이 안 오려야 안 올 수가 없었을 것이다. 그래서 이때 뼈저리게 느꼈다. '엄마는 아프지 말아야 한다'고 말이다. 어느 정도 마음의 안정을 되찾고 나니 감정을 섞지 않고 훈육을 하는 횟수가 늘어났다. 최근에 막내가 "엄마는 나를 혼낼 때도 사랑이 느껴져."라고 말하는 것을 보니 노력의 결과를 알아주는 것 같아 뭉클해졌었다.

어쨌든 나는 이렇게 남매 사이의 관계를 엄청나게 많이 신경을 쓴다. 첫째에게 동생이 생기는 그 순간부터 신경을 썼으니 참 열심히 노력했다 싶다. 둘째가 태어나는 날, 첫째에게 선물을 주었다. '언니를 만나서 반가워 사랑해~'라는 짧은 메시지도 함께 전해주었다. 막내가 태어났을 때도 선물을 들고 누나들은 찾았으니, 서로에게 첫인상은 좋지 않았을까 생각한다. 물론 나 혼자만 노력하는 것은 아니다. 남편도, 아이들을 자주 만나는 시어머님도 함께 노력하고 있다.

그런데 어느 날 첫째가 나를 보며 웃으며 소리를 쳤다.

"엄마는 동생만 예뻐해!" 이런 말은 울면서 말해도 모자라지 않은가? 웃으면서 저렇게 얘기를 한다는 것이 기가 막혔다. 한순간 울컥할 뻔도 했다. 내가 얼마나 노력을 하는지 '너는 정말 모르는구나.' 싶었다.(알 턱이 있나.) 하지만 금방 마음을 가라앉힐 수 있었다. 며칠 전에 첫째가 집중해서 보던 영상이 머릿속을 스쳐 지나갔다. 그 TV 영상에서는 태어난 지 얼마 안 된 동생이 생긴 언니의 모습이 그려졌다. 엄마는 매일 동생을 안고 분유를 먹이고, 재우고, 기저귀를 보느라 정신이 없다. 첫째에게 책도 읽어주지 않고 놀아주지도 않는 엄마에게 서운한 감정을 가득 담아 소리를 친다. '엄마는 동생만 예뻐해!'라고 말이다. 사실 그 영상을 보면서 느낌이 왔다. 첫째가 언젠가는 저 영상을 따라 할 것만 같았다. 우리 집 상황하고 아주 똑같았다. 다른 점이 있다면 그 당시는 시댁에서 살고 있었기 때문에 기저귀를 갈거나 잠시 안아서 재우는 역할을 시어머님이 도와주셨다는 것. 그 시간에 나는 첫째와 책을 읽고 그림을 그리고 만들기를 했다. 동생이 생겼다고 크게 서운할 일이 없어야 했다. 그런데도 "엄마는 동생만 예뻐해!"를 외치다니! 사실 그 말을 기다리고 있었다. 요것아.

그 말을 듣는 즉시 첫째를 불러 앉혔다. 그리고 물었다. "엄마가 왜 동생을 더 이뻐하는 것 같아?"로 시작하는 긴 얘기를 시작했다. 그리고 '말은 생각을 하고 하는 거야'로 마무리 짓는다. 사실 첫째는 그냥 그 말을 따라 하고 싶었다고 했다. 이유는 없었다. 어린 나이였던 지라 설명이 어려울 수도 있었겠지만, 나는 그것은 아닐 것이라고 믿는다. 서운하려면 누워 있느라 엄마 옆에 있고 싶어도 있을 수 없었던 동생이 서운해했어야 했기에.

이 과정에서 나는 두 가지를 배웠다. 첫 번째는 아이들은 정말 잘 배운다는 것이다. 좋고 나쁨의 기준이 만들어지지 않았기에 4살 아이는 재미있고 웃긴 것은 따라 하고 본다는 것이다. 아이의 자아가 생기기 전까지 조심해야겠다고 생각했다. 두 번째는 아이는 나의 못난 모습을 모른다는 것이다. '엄마는 동생만 이뻐해.'라고 말했던 4살 첫째가 9살이 되었다. 사실 그 기간 동안 정말 많은 화를 냈었다. 몸이 아팠고 육아는 힘들었다. 감정 조절이 힘들었다. 그 모습이 너무 싫어서 부단히도 노력했다. 지금은 내가 봐도 참 그럴싸한 엄마다. 아니 조금 멋있다고 생각할 때도 있다. 첫째는 '지금'의 나의 모습과 예전의 나의 모습을 기억할 것 같았다. 그래서 물어보았다. "첫째야, 네가 어릴 때 엄마가 화 엄청 냈었는데, 기억나?" 첫째는 오히려 묻는다. "화내는 게 어떤 건데?", "응, 모르면 됐어. 나중에 알려 줄게~" 아주 다행이다. 경험상 미취학일 때의 기억은 거의 없으니, 동생들도 엄마의 못난 모습은 기억하지 못할 것이라 믿는다. 하지만 '그 당시 못난 엄마는 참으로 미안했어. 폭발적으로 화내서 미안해.'라고 아이들이 크면 언젠가는 전해보려고 한다. 모든 부모님이여, 꼭 건강하셨으면 좋겠습니다. 몸 건강! 마음 건강! 뇌 건강!

8.

반짝반짝 빛나는

세 아이를 키우며 가장 아쉬웠던 것은 기록을 많이 하지 않았다는 것이다. 사진은 몇 장씩 찍었지만 제대로 된 사진이 별로 없고, 녹음도 아주 가끔 해보기는 했다. 이유를 생각해 보면 폰을 들어 올리는 순간 내가 원했던 장면은 이미 끝나 있는 것이다. 이것은 9년 전이나 지금이나 똑같긴 하다. 지금은 인위적으로 사진을 찍고 있으니 말이다. 지금의 인위적인 사진은 세 명이 함께 사진에 나오게 하는 것이다. 너~무 힘들다. 한 명은 가만히 있기 힘들어하는 나이이고 또 한 명은 개구진 표정을 짓기 좋아하는 나이. 초등 언니는 한숨 쉬며 바라보는 그런 상황만 벌어질 뿐이다. 제대로 된 사진이 찍힐 리가 없다. 요즘에 조금 변한 것이 있다면 아이들 사진만 찍지는 않는다는 것이다. 내 사진도 함께 찍는다. 남편도 찍고, 어머님도 함께 찍는다. 출산 후에는 뚱뚱해진 몸과 부은 얼굴이 남겨지는 것 같아서 사진 찍는 것을 싫어했다. 어느 날 우연히 둘째에게 분유를 먹이는 내 모습이 찍힌 사진을 보았다. 구석탱이에 어쩌다 잡힌 내 모습이었는데, 뚱뚱한 모습이라는 것은 전혀 신경 쓰이지 않았다. '아쉽다'는 마음이 강했다. 지금 이 순간도 시간은 흐르고 있고 기억은 희미해져 가고 있다. 그때부터 '기록이 답이다.'라고 생각하고 여러 기록을 남기고 있다. 물론 쉽지 않다. 기록은 쉽지 않다. 하지만 사진과 영상을 통해서 우리의 행복한 추억을 훑어본다. 나의 변화도 볼 수 있다. 아이들은 커가고 나도 웃음이 많아졌다.

   요즘 우리 집에서는 희한한 노래가 반복 재생 중이다. 삼남매가 유일하게 마음이 맞아 함께 부르는 노래다. 어디서 배워왔는지도 모르겠고 끝까지 부르는 모습은 한 번도 본 적이 없다. "오늘도 아침에 입에 빵을 물고, 또 다시 아침에 입에 빵을 물고~♪" 처음엔 너무나 빵을 먹고 싶은 나머지 부르는 노래라고 생각을 했다. 그런데 점점 가사가 이어진다. "오늘도 아침에 입에 빵을 물고, 또다시 하루를 시작하고~♬" 이쯤에서 설마 하는 마음에 검색하게 되었다. (여자)아이들이라는 아이돌의 노래였다. 처음에는 입에 빵만 무는 노래였는데 잠시 후에는 아이스 아메리카노도 마신다. 그리고는 피곤해 죽겠다고 한다는 노래였다. 아침에 일어나면 부르는 노래가 되었다. 동요는 셋이서 합창을 한 적이 없는데 이 노래는 셋이 함께 신나게 부른다. 왜인지 빵과 아메리카노에 빠진 것 같기도 하다. 참 웃기고 귀엽다. 셋이 함께하는 모습은 더욱 보기 좋다. 이렇게 아침에는 빵과 아메리카노가 들어간 노래를 부르고 저녁을 먹을 때는 갑자기 바뀐다.

"아더띠, 아더띠! 100원만 깎아주세요. 독도는 내가 지킨다." 이 노래는 둘째가 배워 와서 퍼뜨린 노래다. 이 노래도 합창을 한다. 자세한 내막은 모르겠지만 피시방 가격이 500원인데 100원이 모자랐단다. 그래서 100원을 깎아달라는 내용인데 갑자기 독도를 지킨다는 내용으로 갔다. 이건 검색도 해보지 않았다. 〈독도는 우리 땅〉 노래를 개사해서 아이들이 막 부르는 노래인 것 같았다. '도대체 이런 노래는 누가 퍼뜨리는 거지?'라는 의문도 잠시. 그냥 웃는다. 나도 어렸을 때 의미 없는 이상한 노래를 불렀던 것 같은데……. 기억은 나지 않는다. 형태는 다르지만 우리도 이런 시절을 겪었으니 말이다. 아직은 웃기고 귀엽기만 하다. 피시방 가격이 500원이라니 물가는 전혀 반영되지 않은 이런 노래를 부르고 있다.

평범한 말이라도 아이가 하는 말은 순수함을 담았고, 가끔은 기발함을 날린다. 정말 잊고 싶지 않은 말들이 많았는데 기록하지 못했다. 까먹지 않고 기억할 자신이 있었는데 그러지 못하고 있다. 정신없는 생활을 탓하고, 기록할 시간이 없다고 탓을 하다가 '어? 뭐라고 했었는데~, 굉장히 귀여운 말이었는데~' 하며 아쉬워한다. 기록을 하기로 마음을 먹고는 그냥 막 기록을 한다. 얼마 되지 않았다. 그래도 일기처럼 작성한 기록들이 조금씩 늘어가고 있다. 아이가 성장을 할 때 사고의 발달의 먼저인가, 언어의 발달의 먼저인

가라는 질문을 본 적이 있다. 답은 잘 모르겠지만, 우리 아이들은 보니 언어와 사고가 서로 앞서거니 뒤서거니 하고 있는 것 같다. 어떨 때는 되도 않는 언어가 먼저. 어떨 때는 잔잔하게 사고가 먼저. 표현은 물론 '말'이라는 매개체가 제일 많지만 표현 방법이 '말'만 있는 것은 아니니깐. 사고의 발달은 여러 방면으로 살펴볼 수 있다.

학자들의 이야기는 궁금하지만, 나는 그냥 평범한 '엄마'이므로 오늘의 행복에만 집중한다. 아이들이 부르는 노래에, 단어 하나하나가 즐겁고 행복하다. 영상으로 하루를 모두 기록할 수 있다면 하고 싶을 정도이다. 하지만 아쉬워야 소중함을 느낄 수 있다는 것도 부정할 수 없다. 그러니 기록하고 글을 쓰고 있는 것이 아닌가.

곧 아이들이 잠에서 깨어나 노래를 부를 것이고 반짝반짝 빛나는 말로 우리의 하루가 시작될 것이다. 그 빛을 눈에 담고 마음에 담아 먼 미래를 준비한다. 멀리서도 보이는 빛이되어 서로에게 힘이 되어주길 바란다. 그래 그것이면 되었다고 생각한다.

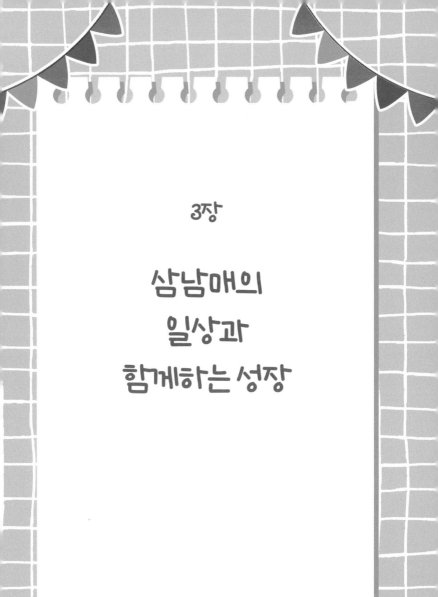

3장

삼남매의
일상과
함께하는 성장

1.

나는 비가 좋아

우리 아이들을 떠올려보자면 5세 이전에는 비가 오는 것을 참 좋아했다. 첫째는 조금 오랫동안 좋아하기도 했다. 한 7살까지? 비가 오는 날이면 우비를 입고 장화를 신고 나간다. 아주 작은 웅덩이라도 지나치지 못한다.

첨벙첨벙. 첨벙첨벙 첨벙.

아주 재미있는 놀이가 된다. 하늘에서 내리는 비는 아이들의 신나는 장난감이 된다. 손을 하늘로 쭈욱 뻗어 손바닥에 떨어지는 빗방울을 느낀다. 입을 벌려 맛을 보기도 한다. 이때도 엄마는 잔소리쟁이가 될 수밖에 없다.

"이거 미세 먼지 비야~ 먹으면 안 돼."

첫째는 "응."으로 대답을 했었고, 둘째는 처음부터 우산을 쓰고 나왔으며 막내는 대답이 없었다. 막내는 멀리 떨어져 입을 벌리고 하늘에서 내리는 물의 맛을 본다. 셋 중에 가장 최근에 태어난 애라 그런가 보다.

비가 올 때의 묘미는 떨어지는 비에도 있지만 소리도 재밌고, 나뭇잎이나 꽃잎에 맺혀 있는 방울을 관찰하는 재미도 있다. 특히나 작은 꽃을 보고 있는 아이를 보면 장난이 치고 싶어진다. 아이의 머리 위에 있는 나뭇가지를 살짝 흔들면! 맺혀 있던 물들이 후두둑! 떨어진다. 우비를 입은 아이의 머리 위에 갑자기 물벼락이 내린다. "으아악! 엄마~ 깜짝 놀랐잖아~" 그리고 아이는 나와 똑같이 엄마 머리 위에 물방울을 떨기고 싶어 한다. 키가 작아 나뭇가지에 손이 닿을 리가 없는데도 '앉아서 올려줘~'를 시전한다. 아직은 어림도 없다. '밥 많이 먹고 키 커서 해~'라고 속삭여 준다.

비가 온 다음의 무지개도 좋지만, 나는 물기를 잔뜩 머금은 금계국의 꽃봉오리를 더 좋아한다. 여름철에 많이 보이는 노란 꽃. 함께 어우러져 예쁜 장관을 선사하는 강변이나 길거리에서 많이 볼 수 있는 금계국 말이다. 얼핏 보면 주황색이기도 한 이 노란 꽃은 꽃봉오리를 엄지와 검지로 아주 살짝 눌러주면 매미가 오줌을 싸듯 '찍!' 하고 물을 뿜어낸다. 어른이 된 많은 성인이 어릴 때 한 번쯤은 당했을 '꽃봉오리에서 물방울 맞기'를 나도 시도한다. 아이들은 까르르 웃어댄다. 물방울을 머금은 꽃봉오리를 찾는 스킬이 부족한 아이들은 이내 시무룩해진다. 그러면 또 엄마 어릴 적 얘기로 주의를 돌리기도 한다. 마술이라고 보여준 봉선화의 통통한 씨앗 주머니 터트리기! 또한 아주 재미있다. 시골에서 살았던 나의 기억이 또 한 번 되살아난다. 자연이 주는 선물을 온몸으로 받아낸다.

꽃봉오리 다음은 무지개다. 무지개를 만지고 싶은 마음에 하염없이 걸었던 소녀가 엄마가 되어 또 한 번의 소녀가 되는 순간이다. 그래서 아이는 나에게 찾아온 두 번째 인생이라는 생각을 종종 하게 된다. 우리 아이들, 특히나 막내는 무지개를 너무나 좋아한다. 어린이집도 무지개반에 다닌다.

유리를 통해 만들어진 무지개를 보고는 한없이 보고 있다. 만져도 잡히지 않는 무지개. 하지만 눈앞에 만들어진 무지개를 보며 막내는 무슨 생각을 할까?

　이렇게 우리 가족은 자연을 좋아한다. 그리고 '비는 좋아했다.'가 되었다. 아주 조금 더 크니 축축함이 싫단다. 우산을 들고 다니는 것이 싫단다. 학교에 다니고부터는 싫어하는 것이 부쩍 늘어난다.

　'엄마는, 이불을 뒤집어쓰고 왕창 쏟아지는 비를 감상하는 것도 좋아했어~'라고 넌지시 얘기를 해본다. 싫어하는 것보다는 즐기는 포인트를 달리하자고 얘기하고 싶었다. 아이가 알아들었는지는 아직은 모른다. 시간이 흘러야 알 수 있는 것들이 있다.

　올여름은 비가 참 많이 왔다.
　주르륵주르륵.
　아침에 일어났는데 세상이 까맸다. 창밖에서 들리는 소리로 장마임을 다시 직감했다. 아이들은 학교에, 유치원에, 어린이집에 가야 하는데, 엄마 마음은 몰라준다는 듯이 비를 퍼부어대고 있었다.

첫째는 학교에 갈 때 스쿨버스를 타고 간다. 버스에 타고 손을 흔들고 하트를 날리는 게 나와 동생들의 역할이다. 그런데 오늘처럼 비가 퍼부을 때는 어떻게 해야 할지 모르겠다. 눈인사는 전했고. 이미 바지는 젖어버렸다. 그럼에도 불구하고 조금이라도 비를 덜 맞으려고 우산에 몸을 구겨 넣는다. 4살 막내는 그러지 않는다. 4살이라서 가능한 행동. 모든 사람이 우산 속에 숨어 있는데 막내는 우산을 접어버린다.

"엄마, 나는 대머리가 될 거야."

올해는 어린이집에 다녀서 비에 옷이 젖지를 않기를 바랐다. 어린이집 가는 길에 옷이 젖는 건 곤란하니 말이다. 그래서 '비 맞으면 나중에 대머리 된다~'며 협박했었다. 막내는 엄마가 무슨 말을 할지 계산하고 우산 속에 숨어있는 엄마에게 미리 말한 것이다. 대머리가 될 거라고 말이다. 진짜로 비를 맞고 대머리가 된 사람이 있는지 없는지는 모르겠지만, 어린 시절 수업 시간에 배웠듯이 산성비일 수도 있고, 미세 먼지가 있는 요즘 시대에는 먼지 비가 내릴 수도 있는데…. 그런 게 쌓여서 대머리가 될 수도 있을 것 같은데, 당당하고 자유롭게 비를 맞는 막내가 갑자기 걱정도 되고 자유로운 모습에 부럽기도 했다. 막내는 아랑곳하지 않고 노래도 부른다. 그리고 대뜸,

"엄마, 비가 위에서 아래로 내려와~ 물이 왜 아래로 내려와?"

하늘에서도 아래로 내리고, 언덕에서도 아래로 흐르는 물을 보며 이런저런 질문을 하지만. 이제 엄마는 걱정거리가 한가득이다. '젖은 옷을 어디서 어떻게 할 것인가?' 말이다. 대충 "글쎄, 왜 그럴까?"로 답변한다. 첫째는 스쿨버스에 올랐고, 이제는 어린이집과 유치원 등원 미션만이 남았다. 하지만 우리는 축축함의 찝찝함을 불쾌함으로 표현하기 전에 집으로 돌아가야 했다.

그리고 막내에게 소곤소곤 비밀스런 슬픈 귓속말을 했다.

"막내야, 넌 대머리 확정이야."

2.

달팽이 특공대, 지렁이 특공대

🤍

이슬비가 포슬포슬 내리기 시작했다.

바다는 비에 젖어 짙은 색으로 변해버렸고, 비를 좋아했던 우리 아이들은 나가자고 조르곤 했었다. 3년 전 신축 아파트에 이사를 오면서 우리의 일상이 되어버렸던 활동이 있다. 비 오면 무조건 나가기. 산을 깎아 만든 아파트라서 그런지 비가 오는 날이면 달팽이들이 출몰했다. 바쁜 사람은 볼 수 없지만 발밑의 달팽이들이 그것을 알 리 없다. 땅에 스며든 비는 그들의 호흡을 막을 것이 분명했다. 숨을 쉬기 위해 사람들이 만들어놓은 바닥으로 기어 나온다.

처음엔 정말 깜짝 놀랐다. 이렇게 많은 달팽이가 있다고? 한두 마리로 관찰을 끝내면 좋았으련만… 우리 아파트 단지에는 달팽이들이 엄청났다. 비가 오면 어디선가 나타나 그들의 삶의 터전이었다는 것을 알려주는 듯했다. 나오는 것은 문제가 되지 않는다. 사람의 시선에서 그들은 너무나 작았다. 그리고 느렸다. 비가 그치고 날이 개면 비릿한 냄새가 올라온다. 나는 그것이 달팽이의 냄새인 것 같아 괜히 울적했다. 그래서 우리는 달팽이들이 사람들의 발에 밟히지 않도록 구출 작전을 세웠다. 쌩쌩 달리는 오토바이, 자동차 모두가 달팽이의 삶을 위협하는 덩치만 커다란 존재들이다. 그들을 구해주고 싶었다. 그것이 오래 가지 않으리라는 것도 알았다. 그래도 한다. 아이들과 우비를 입고 나가 달팽이들을 풀숲으로, 잔디밭으로 돌려보낸다. 첫해는 너~무 힘들 정도였다. 그 정도로 달팽이가 많았다. 두 번째 해에는 힘들지 않았다. 1년 사이에 달팽이들이 모두 이사를 갔기를 바랐다. 그래도 몇몇 남은 달팽이들이 다시 숨을 쉬기 위해 사람이 다니는 길로 올라선다. 아이들과 드문드문 있는 달팽이를 조심히 들어 올려 풀숲으로 돌려보낸다. 우리가 돌려보낸 달팽이 중 얼마나 살아남았을까 싶다. 돌려보내 주며 꼭 기도했다. '너희의 삶 동안 많은 행복이 가득했으면 좋겠습니다.' 하고 말이다. 아이들은 그저 신나 했다. 우리는 '달팽이 특공대'라며 노란 우비 입는 것을 주저하지 않았다. 3년 차에는 노란 우비를 입을 일이 거의 없었다. 달팽이는 거의 보이지 않았다. 그저 유치원 가는 길에 한 번, 열심히 찾아다녀서 또 한 번. 눈에 불을 켜고 찾을 뿐이다. 아마 내년에는 어떨지 알 것만 같았다. 개체 수 조절이 이렇게 일어나는 것인가, 아니면 조경 관리를 위해 뿌려진 약들에 살아남지 못한 것인가.

아이들의 기억은 빠르게 잊힌다. 엄마가 자주 얘기를 꺼낼 뿐이다. 아이들은 생각보다 아쉬워하지 않는다. 세상에는 재미난 것들이 넘쳐흐르지 않는가. 대신 이제는 잘 보이지 않는 달팽이 대신 지렁이가 눈에 띄나 보다. 헉! 지렁이는 만져본 적이 없는데, 큰일 났다. 지렁이 특공대가 결성됐다. 생각해 보니 우리 아파트 단지의 지렁이는 엄청 크고, 많았다. 산을 깎아 만들었다더니 틀림이 없다. 이렇게 크고 튼튼해 보이는 지렁이는 거의 볼 수 없으니 말이다. 작은 뱀 같다고 하면 믿을까? 비가 그치고 해님이 반짝 올라오면 지렁이는 다시 흙으로 돌아가야 하는데 깔아놓은 보도블록이 그들을 막는다. 시간이 지나면 바짝 마른 지렁이들만 보게 될 뿐이다. '인간의 체온은 지렁이에게 너무 뜨겁지 않을까?' 싶어 얇은 나뭇가지를 가지고 와 순식간에 잔디밭으로 보내준다. 그리고 쪼그리고 앉아 땅을 파고 들어가기 시작하는 것을 보면서 뒤돌아선다. 지렁이 특공대는 오늘의 임무에 성공했다. 달팽이 특공대에서 지렁이 특공대로 변신하며 그 둘을 연임까지 하는데 이제는 비오는 날에 외출을 하지 않기 시작했다. 첫째는 '축축한 게 싫어.'라며 축축하고 불쾌한 느낌을 알게 되었다. 둘째와 막내는 아직은 괜찮은 것 같다. 하지만 둘째는 언니를 너무 좋아하므로 특공대 자리를 잠시 내려놓는다. 그렇게 되면 막내도 덩달아 집에 있게 된다. 학교 가는 길에, 유치원 가는 길에 잠시 특공대인 척 거리에 머무를 뿐이다.

또 우리 아파트에는 노린재도 많다. 노린재 그들은 나뭇잎에 잘 붙어 있으므로 패스.

온라인에서 보니 호랑나비 키우기 키트가 있었다. 생각지도 못했는데 구입해서 아이들과 함께 키우고 싶어졌다. 아파트 단지에서 호랑나비를 본 적이 있던가? 배추흰나비는 많이 봤지만, 호랑나비는 많이 보지 못했다. 그러던 어느 날 호랑나비가 날아가는 것을 보았다. 옳다구나! 단지 근처에 호랑나비가 먹을 만한 게 있구나! 싶어 호랑 나비 알을 두 개 구입했다. 알은 택배 배송 중 한 마리가 애벌레가 되었고, 검은 실 같은 애벌레를 키우기 시작했다. 나머지 알 하나는 집에 와서 애벌레가 되었다. 이 애벌레 두 마리를 키우는데 이 두 마리의 먹성이 장난 아니었다. 화분을 여분으로 사놓지 않았다면 굶어 죽을 뻔했다. 내가 왜 이런 걱정을 사서 하는지 모르겠다고 하지만 먹성 좋은 애벌레를 보니 잘 키워야겠다는 엄마 마음은 더욱 절실해진다. 아이들이 할 것은 없다. 애벌레가 먹는 것을 보고 커지는 것을 보고, 자로 길이를 재어볼 뿐. 모기장 같은 망 안에 있는 아이들을 만지면 안 되는 것이었다. 시간이 지나고 두 마리는 멋진 번데기로 자리를 잡았다. 이젠 정말 나비가 되어 나오기를 기다리면 되었다. 첫째 애벌레가 무사히 탈피했고 신기하게도 가족이 모두 모여 있을 때 인사까지 하고 나니 날아 갔다. "나비야 안녕~"을 외치며 저 멀리 어딘가를 본다. 마음이 따뜻해져 온다. 이렇게 나비 특공대가 되었다.

특공대는 하는 일이 별로 없지만 조금씩 자연을 알아가는 중이다. 차갑게 느껴지는 아파트 안에서 자연과 함께하는 따스함을 느끼는 중이다. 단지 안을 산책하다 보니 생각보다 호랑나비를 드문드문 볼 수 있었다. '아, 내가 몰랐던 거구나.'를 알게 되었다. 나의 관심은 그렇게 넓지 않았다. 나의 어린 시절에는 없었던 달팽이, 지렁이, 나비를, 아이를 키우며 행복으로 알아간다.

잠시나마 특공대로 있었던 시간은 마음이 푸근했다. 따스한 햇볕과도 같았다. 아름다운 자연을, 소중한 지구를 더 아껴주고 싶어졌다. 아이의 마음으로.

3.

뱀이 개구리를 먹을 뻔했어!

으아아아악!

다큐멘터리에서나 볼 법한 장면을 봐 버렸다. 겁을 먹은 심장이 두방망이질 쳤다.

우리 집은 가끔 강변을 따라 자전거를 탄다. 집에서 가깝기도 하고 남편과 유일하게 할 수 있는 운동이 자전거를 타는 것이다. 남편은 막내를 뒤에 태우고 첫째는 이제 곧잘 타니 혼자 타게 한다. 둘째는 아직 다리 힘이 부족하여 옆에서 도와줄 사람이 필요하다. 그 역할은 내가 한다. 그리고 난 자전거가 없기도 하다. 이 핑계 저 핑계로 나는 둘째 옆에서 뛴다. 울퉁불퉁한 길을 만나면 자전거를 밀어주고, 다시 함께 달린다. 오르막길을 만나면 다시 밀기 시작한다. 힘들기는 하지만 강물 위의 윤슬을 보고 있노라면 기분이 퍽 좋아진다. 천천히 달리는 자전거 옆에서 달리는 것도 할 만하다. 자연이 보여주는 아름다운 모습은 마음을 벅차오르게 한다. 아이들이 그래도 조금은 성장하여 강변을 함께 달리니 이 또한 감사한 일이다.

그렇게 주변을 눈에 담으며 달렸다. 앞에서 마주 오는 사람만 조심하면 됐었다. 그것이 문제였다. 눈앞에 갑자기 개구리가 뛰쳐나왔다. 그 뒤로 커다란 뱀이 고개를 들고 찢어질 듯 입을 벌리며 쫓아왔다. 그 순간 나와 둘째가 지나갔다. 나는 점프를 해서 뱀의 머리를 뛰어넘었다. 관성의 힘이 미치지 않는 곳에서 멈춰 뒤를 돌아보았다. 첫째 얼굴이 땀에 반짝거렸다. 울상이 돼서 말한다. "나, 밟은 것 같아…" 개구리와 뱀은 사라져 보이지도 않았다. 첫째도 제대로 된 장면은 보지 못하고 우리가 소리를 지르며 멈추니 두 발로 자전거를 멈추며 쫓아오다가 밟은 것 같다고 한다. 개구리도 꽤 컸는데 뱀은 내가 여태 길가에서 만난 뱀 중 제일 컸다.

멈춰있는 우리에게 남편과 막내가 다가왔다. 우리의 이 에피소드를 흥분에 휩싸여 얘기했다. 집에 돌아와서는 일기장에도 쓰고 여기저기 남겼다. 그런 야생의 장면을 실제로 본 적이 없기 때문이다. 고개를 들고 잡아먹으려는 찰나에 지나가는 사람 세 명 때문에 식사를 하지 못했을 뱀이 생각났다. 아이들은 개구리가 살아서 다행이라고 개구리가 은혜를 갚으러 오면 어떡하냐며 상상의 나래를 펼쳤다. "뱀이 복수하러 올 수도 있어~ 밥도 못 먹고 꼬리도 밟혔잖아~" 아이들은 그제야 뱀을 생각한다.

나는 친정이 시골이라 그래도 가끔은 뱀을 봤었다. 그런데 이렇게 야생을 느낄만한 장면을 본 적은 없다. 지나가다가 쉬는 동물들, 그냥 길을 가는 동물들, 밭을 뛰어노는 고라니 정도나 봤을까. 이렇게 생동감 넘치는 장면은 잊을 수가 없다. 딱 한 번 신기한 장면을 본 적은 있다. 경차를 끌고 다니던 시절이었다. 결혼한 첫해에 첫째만 데리고 친정에 들렀다가 다시 돌아가는 중이었다. 길 앞에 여태까지 한 번도 본 적 없던 두꺼비와 뱀이 있었다. 뱀은 고개를 들고 있었는데 두꺼비는 꿈적도 하지 않고 있었다. 그런데 그 모습이 사냥하는 모습의 뱀은 아니었다. 두꺼비와 뱀은 그냥 마주 보고 있었다. 나는 차의 속도를 줄였고 그 모습을 보는데 뱀은 꼬리 방향으로 머리를 틀어 가버렸다. 나는 두꺼비의 옆을 지나갔다. 이 장면도 너무 신비하게 느껴져 다른 길로 다시 돌아왔다. 두꺼비가 아직 혼자 남아있었다. 그런데 왜 미소를 짓는 것 같지? 그렇게 차를 멈추지 않고 다시 또 한 바퀴를 되돌아왔다. 이제 그 자리에 두꺼비는 없었다. 사냥을 하지 않는 뱀과 두꺼비. 이 또한 잊을 수 없는 장면 중 하나이다.

　가끔 이런 장면들이 불현듯 떠오른다. 나만 알고 있는 자연의 이야기. 믿을 수 없지만 그래도 생각하면 미소를 짓거나 웃게 되는 이야기. 신기함에 한 번 더 자연을 찾아가게 된다. 그리고 내 삶에 힘을 북돋워 준다. 그래서 우리 아이들을 열심히 끌고 자연으로 간다. 산으로, 바다로, 들판으로. 지금은 벌레가 있어 싫다고, 모기에 물려서 짜증이 난다고 하지만 언젠가 추억으로 자리 잡을 것을 안다. 이렇게 역동적인 장면 말고도 감상 포인트는 많다. 강물 위에 반짝이는 윤슬, 바람에 살랑이는 나뭇잎, 강변을 산책하는 사람들의 행복감, 공원에 보이는 토끼, 그리고 지금 내가 흘리는 기분 좋은 땀방울과 함께하는 충만한 행복감. 이 모든 것이 우리 아이들의 기분 좋은 에너지가 되었으면 좋겠다. 하루하루 쌓여가는 여러 추억 중에서 행복감이 제일 많이 남았으면 좋겠다. 그리고 성인이 된 후에 힘든 일이 있으면 다시 자연으로 다가가 상기시켰으면 좋겠다. 눈앞의 모든 자연에 행복한 추억과 힘이 깃들어 있음을 느껴주었으면 좋겠다.

지금 내가 해 줄 수 있는 일은 익숙하지 않은 것들을 소개해 주는 일이다. 사실 요즘 우리 아이들은 자전거를 타러 나가자고 해도 싫다고 하고 놀이터를 가자고 해도 싫다고 한다. 집에 있는 것을 가장 좋아하는 집순이, 집돌이들이다. 물론 나도 그렇다. 집에 있는 것이 제일 편하다. 하지만 우리는 코로나 시기를 겪지 않았나. 집안에 박혀 있다는 기분이 언젠가는 우울함이 된다는 것을 몸소 겪지 않았나. 부모는 아이들이 싫어해도 알려주어야 하는 것들이 있다. 이것이 부모의 의무라고 생각한다. 지금은 싫지만, 이 싫은 감정은 어색함일 것이라 생각한다. 어색함이 많이 사그라들게 해 주어야 한다. 바로 곁에서 느낄 수 있는 자연도 익숙해진 후에야 아름다움이 보일 테니 말이다. 즐거운 에피소드는 덤이다.

4.

나는 당근만 좋아

🐦

"여러분~ 아이가 직접 요리에 참여하게 해보세요~ 그래야 편식이 줄어듭니다."

완전 좋은 의견이라고 생각했다. 3~4살 정도 되면 애들은 편식을 시작한다. 우리 애들도 마찬가지로 그즈음부터 편식을 시작하였다. "비행기가 날아갑니다~ 슈웅~"도 해보고 영상도 보여주고 그랬지만 편식을 고칠 길이 없었다. 한천 번쯤 익숙해지면 먹는다고 했던가? 먹지도 않는 음식을 아이 눈앞에 꺼내놓고 '딱~ 한 번만 먹으면 돼.'를 식사 시간마다 반복한다. 미칠 노릇이다. 그러다가 어떤 전문가의 영상을 접했다. 아이를 요리에 참여하게 하여 식재료를 직접 만져보고 탐색하고 만들어보며 친숙해지면 편식을 안 한다는 것이다. 아이와 팬케이크처럼 간단한 요리는 함께 해봤지만, 채소를 만지게 하는 일을 거의 없었다. 그래서 평상시에 채소를 먹이기 위해 자주 만들었던 '두부 야채전'을 함께 만들기로 했다. 아이가 채소의 유무를 잘 모르게 아주 잘게 다녀서 만들었는데, 그날은 함께 만들기에 조금 크게 잘랐다. 첫째는 손으로 두부를 주물럭주물럭 으깼고 나는 그 위에 다진 당근과 애호박, 양파를 넣었다. 계란을 넣어 재료들이 익으며 뭉쳐지게 하였고 소금으로 간을 했다. 우리는 참 재미있게 요리를 했다. 아이도 너무 즐거워하며 요리했다. 마음속으로 '만세'를 외쳤다. 그간의 나의 고생이 오늘의 활동으로 끝나겠구나! 싶어 입꼬리가 절로 올라갔다. 음식 사진도 찍고 즐거운 시간이었다. 식탁에 둘이 앉았다. '두부 야채전'은 노릇노릇 꽤 먹음직스러웠다. 식탁 앞에 마주 선 우리는 포크와 젓가락을 하나씩 들고 밥 먹을 준비를 다 했다. 그때 첫째가 하는 말.

"엄마~ 나 그냥 김 줘~"

띠로리….

"왜?"

"오늘 내가 다 봤잖아~ 그 반찬에 뭐가 들어가는지. 나 이제 그거 안 먹어."

단호하다. 그동안 맛있다고 잘 먹었으면서 오늘의 활동으로 안 먹는단다. 그 이후는 이성적으로 설득했다. 영양적 측면과 성장기 발달에 대해서 얘기했다. 차라리 이게 먹혔다. 많이 나아지지는 않았지만 딱 한입씩만 먹기로 했다. 그렇게 시간이 흘러 초등학생이 되었다. 여전히 편식 중이지만 그래도 나아지고 있다. 학교에서 먹는 급식도 맛있다고 여러 번 얘기하는 것을 봐서는 잘 먹고 있는 것 같다. 그리고 우리는 알고 있지 않은가. 사춘기쯤 되면 식욕이 폭발하는 것을 말이다. 나는 그랬다. 그즈음이 되어서야 편식이 사라졌다.

생각해 보면 나는 어린 시절에 어땠을까? 나는 시골에서 자랐다. 나 어릴 때 시골에서는 직접 도축해 잡아먹는 일도 많았다. 어른들이 아이들 몰래 도축을 한다고 해도 언젠가 한 번은 봤던 것 같다. 그리고 그 과정은 꿈처럼 남아 고기를 먹지 않게 했다. 정말 한동안은 고기를 쳐다보지도 않았다. 그리고 나는 파도 싫고 된장국은 더 싫었다. 이런 나에게는 편식을 사라지게 만든 계기가 있긴 했었다. 그것은 바로 친구네 집에 놀러 가서 먹은 밥 덕분이었다. 그 친구는 할머니랑 둘이 사는 친구였다. 예고도 하지 않고 찾아갔기에 할머니는 미안해하시면서 밥을 차려주셨다. 따뜻한 밥한 공기와 버섯 반찬이었다. '아, 나 버섯 싫어하는데…'를 속으로 외치며 먹기 시작했다. 그런데 우리 집의 버섯 반찬과는 조리법이 달랐다. 우리 집은 버섯과 채소를 기름에 볶아 소금으로만 간을 한 버섯볶음이었는데, 친구네 집은 버섯을 감자조림을 만들 듯 만든 반찬이었다. 어린 시절에 엄마를 도와 주방에서 요리를 했기에 대충 어떻게 하는지는 알았다. 그 반찬을 먹는데 너무나 맛있었다. 아, 요리법이 바뀌면 맛있을 수 있다는 것을 깨달아버렸다. 내가 싫어하는 반찬이 사실 싫은 것이 아니었다. 그 이후로는 새로운 음식을 먹는데 거부감이 덜 들었고 고기도 먹기 시작했다. 그러면서 살이 쪘지…….

　때가 있어야 한다. 우리 첫째도 아직은 그 때라는 것이 오지 않은 것이다. 내가 할 일은 백 번 천 번 권하는 것뿐이다. 잘게 잘라서 눈에 보이지 않게 만들지도 않는다. 하지만 솔직하게 말한다. 골고루 먹는 것이 왜 좋은지, 채소를 왜 먹어야 하는지 말이다. 너희들이 그것을 얼른 받아들이는 날이 왔으면 좋겠다고도 말한다. 어른이 돼서 식성으로 굳어버리기 전에 골고루 먹었으면 좋겠다고 말이다.

　첫째가 초등학교에 들어가서 방과 후 수업으로 요리 수업을 선택했다. 아이는 신나게 만들어 와서는 단 한 번도 먹지 않았다. 요리 수업은 하지 말라고 했다. '요리를 하고 먹지 않는 건 요리에 대한 예의가 아니지~' 하며 한창 다이어트 중인 나만 열심히 먹었다. 나는 음식을 함부로 버리지 못하는 습관이 있었다. 뭐 어쨌든. 우리 집 둘째와 막내도 요즘은 최절정으로 편식 중이다.

이번 주말 점심 메뉴는 김밥이다. 흰밥에 햄과 계란과 맛살과 치즈를 올리고 돌돌 만다. 편식인 아이들 맞춤 김밥이다. 나는 또 잔소리 장전! 바로 다다다다 말하지만, 김밥은 원하는 대로 말아준다. 둘째가 조용히 다가와 귓속말을 한다. '엄마, 난 당근만 좋아' 넓게 편 흰 밥 위로 볶은 당근을 딱 한 조각만 올려달라고 한다. 두 조각은 안 된다고 한다. 둘째 맞춤 당근 한 조각 김밥이 완성되었다. 당연히 햄은 한 줄이 들어간다. 첫째는 햄 두 줄, 맛살 두 줄, 치즈를 올린 대왕 김밥, 막내는 재료가 한 줄씩만 들어간 김밥이다. 어른은 단무지도 넣고 김치도 넣고 시금치도 넣는다. 우리 집 김밥은 맞춤 김밥. 편식쟁이들의 김밥이다.

기다리면 나처럼 편식 탈출하는 것 맞겠죠?

5.

안녕하세요, 안녕히 계세요

🍃

우리 집 아이들은 참 수줍음이 많았다. 지금도 수줍음이 있다. 나도 그랬다. 왠지 우리 남편도 그랬을 것 같다. 남편은 쉬는 날에는 집에서 게임을 하는 것을 좋아하는 완전한 집돌이다. 나는 약간의 산책은 해줘야 하는 집순이다. 집돌이, 집순이 사이에서 수줍음이 없는 아이가 태어나리라는 것은? 희박하지 않을까?

그러다 보니 인사를 가르치는 것에 곤욕을 겪었다. '안녕하세요~'라고 한마디만 하면 되는데 자꾸 엄마의 다리 뒤로 숨는다.(숨어도 다 보인다, 얘들아~) 어쨌든 얼굴만 가리고 서

있는 아이를 두고 길가에서 스몰 토크를 한다. 인사는 못했으면서 자꾸 이야기에 끼어든다. 얼른 가자느니, 목이 마르다느니 그런다. 이웃 주민과의 스몰 토크를 끝내고 얼른 우리의 목적지로 발길을 돌린다. 그리고 백한 번째 잔소리를 시작한다. 인사는 큰소리로 또박또박! 이것이 나의 요점이다.

나는 어린 시절 시골에 살았다. 이 책 이곳저곳에도 잠깐씩 언급이 되었을 것이다. 정확히 말하면 사방이 산으로 둘러싸인 산속 시골집에 살았다. 옆집이 있었는데 금방 이사를 가서 그 산속에는 우리 집만 있었다. 물론 지금도 그렇다. 사람을 보려야 볼 수 없는 그런 곳. 한 7분 정도 걸어 나가면 이웃집이 있긴 하다. 그러니 어린 시절에 사람을 만나면 궁금하기도 하지만 인사는 더욱 하기 싫어했다. 인사도 해봐야 습관이 된다고 생각했다. 그렇게 어린 시절에는 인사를 못하다가 초등학교에 가서야 선생님께 배우고 열심히 인사를 했다.

지금은 너무 수줍은 아이에게는 무리하게 인사를 시키지

말라는 지침 아닌 지침 사항이 있다. 마음에서 우러나와서 인사를 하게 만들려면 아이에게 시간을 줘야 한다는 것이다. 우선은 잘 모르겠다. 나는 그냥 인사를 하라고 한다. 밖에서도 인사하라고 하고 집에 와서는 설교를 시작한다. 아직 '역지사지'라는 것을 잘 모르는 나이대의 아기들이라 역할 놀이를 한다. "뽀로로가 에디한테 인사도 안 하고 가네", "에디 기분 나쁘겠다." 그러면 '나는 괜찮은데~ 젤리 사러 가느라 바쁜 거잖아~'와 같은 다른 상황이 튀어나온다. 역시나 더 크긴 해야겠다.

첫째는 그래도 인사를 잘하는 편이다. 공원에서 만난 할아버지께 인사를 잘한다고 용돈을 받기도 하고, 산책하다가 만난 엄마의 예전 직장동료에게서도 용돈을 받았다. 간식도 받고 그러다 보니 인사에 대한 긍정적인 인식을 하게 된 듯하다. 둘째와 막내도 이렇게 해서라도 인사를 잘하는 아이로 자랐으면 좋겠다.

산책을 하다 보면 많은 아이들이 인사를 해온다. 나이가 많아짐을 실감하는 순간이다. 아이가 셋이니 아이의 친구들, 같은 기관을 다니지만, 나이는 다른 또래들이 인사성이 참 밝다. '이모~ 저 아까 이모 봤어요~' 하며 나의 행적 또한 알려준다. 친근하게 다가오는 아이들에게 밝게 화답해주는 것이 나의 의무로 느껴진다. 이웃 아주머니가 적극적으로 먼저 인사하면 불편해할까 봐 참을 때도 많다. 아이들도 기분이 안 좋을 때는 인사를 하고 싶어 하지 않으니 말이다. 또 어린 시절 기억이 떠오른다. 인사를 잘 받아주는 어른이 참 좋았었다. 나도 그런 어른이 되고 싶어졌나 보다. 우리 아이들도 소중하지만 나는 내 아이들의 주변 아이들도 밝고 행복하게 자랐으면 좋겠다. 낯선 이웃이지만 같은 동네에서 좋은 이웃으로 기억되고 싶다.

막내는 아직 '안녕하세요~'만 외치고 다닌다. 사실 뛰어다니느라 인사를 할 틈도 없다. "막내야 인사해야지~" 하고 말하면 대충 '안뇽하세요.'를 날리고 간다. 만났을 때도 헤어질 때도 '안뇽하세요.'를 날린다. 인사를 하는 건지 뭔 말을 하는 건지는 모르겠다. 하지만 매일 매일 인지시키고 있다. 나중에는 진짜 인사를 알리는 기계가 된 느낌이다. 인사를 해서 손해 본 건 없다. 나는 아직은 인사를 주로 받는 아름다운 세상이라 믿는다. 그리고 더 나아가 좋은 이웃이 많은 우리 동네를 꿈꾼다. 그러려면 나 먼저, 우리 아이들 먼저 미소를 머금은 얼굴이 되어야겠다. 아직은 어린아이들이 인사에 대해 좋은 인상을 가지게 되도록 차분히 기다려줘야 할 것이다. 끈기는 덤이다.

좋은 아이를 원하는가? 그렇다면 좋은 부모가 되어야 한다. 친절한 이웃을 원하는가? 그렇다면 다정한 이웃이 되면 될 것이다. 밝은 미래가 함께하는 인사성 좋은 대한민국을 꿈꾸며 마음속에 작은 자부심 하나를 품어본다.

6.

괴물이 되려면 달려라

🐦

자정 12시, 아프다.

새벽 2시, 또 깼다.

새벽 3시 반, 그냥 일어나자.

막내를 낳고는 이상하게 컨디션이 돌아오지 않았다. 체중은 줄지 않고 오히려 적게 먹는데도 살이 찌는 느낌이었다. 입안의 구내염은 사라질 줄 몰랐고, 아픈 허리로 잠도 제대로 못 잔 지 오래였다. 참 미련하게도 참고 참았다. 도저히 참을 수 없을 때 한의원을 찾아갔다. 막내의 돌이 지난 시점이었다. 출산한 지 1년이 넘었는데 나의 증상은 산후풍이라고 했다. 그때 알았다. 산후조리를 제대로 하지 못하면 이렇게 늦게까지 산후풍이 남아있다는 것을 말이다. 몸의 성질이 바뀐 느낌이었다. 신기하게도 한약을 먹으니 차츰 좋아짐을 느꼈다. 몸은 부기가 빠지면서 서서히 활력을 되찾아 갔다. '아, 몸이 부으면 아픈 느낌이 이런 거구나.'를 확실히 깨달았다. 종종 몸이 아플 때는 몸이 부었는지를 먼저 확인한다.

몸이 아프고 잠을 못 자니 화가 가득한 엄마였다. 아이들에게 화를 내는 내가 싫어서 책도 찾아보았다. 결론은 건강해야 한다는 것이었다. 예전의 평온했던 나의 마음을 찾고자 운동을 해야겠다고 생각했다. 아이들과 놀이터에서 함께 놀아도 나의 체력은 돌아오지 않았다. 문제는 운동할 시간이 없다는 것이다. 남편과는 간헐적 부부이므로 아이들만 놓고 집을 비울 수도 없는 일이었다. 고민하면 답이 생기는 것. 결국엔 새벽에 잠이 깨면 무조건 집 앞으로 나갔다. 그리고 무작정 달리기를 시작했다. 새벽 공기를 마시니 기분이 새로웠다. 어두컴컴했다가 태양이 떠오르는 광경을 보니 뭔가를 하고 있는 나 자신이 대견스러웠다. 빠르게 체력이 좋아지지 않는다는 것을 안다. 새벽 운동을 매일 할 수 없다는 것도 안다. 하지만 잊지 않고 꾸준히 몇 개월을 했다. 나는 점점 몸이 건강해짐을 느꼈는데 다른 쪽으로 문제가 와서 새벽 운동은 그만두었지만, 이때 생긴 체력으로 틈이 나면 나가서 뛴다. 아파트 단지 내에 있는 헬스장도 발견했다. '여름과 겨울에는 저기에 가리라.' 마음을 먹었다.

이렇게 달리기 시작했다. 그리고 동네에서 열리는 '건강 달리기(마라톤)'에 참여하기 시작했다. 아이와 함께 달릴 때는 5km에 신청을 하고 나 혼자 달릴 수 있는 기회가 생기면 10km를 신청한다. 대략 1시간 반 정도만 집을 비우면 되니 최대한 빨리 달려서 끝내고 집으로 돌아온다. 뛰면 뛸수록 건강해짐을 느낀다. 돈도 들지 않고 시간도 내 마음대로 설정할 수 있고 장소는 눈치껏 마련하면 되니 이렇게 좋은 운동이 없다. 새벽 달리기는 실제로 집 앞에서만 뛰었다. 새벽이라 사람도 없고 바로 집 앞이라 1분 안에 들어갈 수 있었다. 이렇게 운동을 하니 드디어 밤중에 깨지 않고 잠을 잘 수 있게 되었다. 잠을 쭈욱 잘 수 있다는 게 이렇게 행복한 일이었다.

요즘 우리 아이들은 엄마가 괴물이 되어 자신들을 잡아달라고 한다. 일명 '괴물 놀이'이다. 천천히 잡으러도 가고 초등 첫째 아이는 전력으로 잡으러 간다. 달리기를 강약 조절을 하며 아이들을 잡으러 다닌다. 굉장히 좋아한다. 매일 매일 하고 싶은 놀이라고 한다. "얘들아, 엄마 조금 쉬고 싶다." 다행히 자기들끼리 놀아 본다고 한다. 이럴 땐 셋을 낳은 것에 대한 만족감이 올라간다. 잠시 뒤에 첫째가 와서 얘기한다. "엄마~ 이제 다 쉬었어? 괴물 놀이 하자~" 애들이 언제까지 나한테 놀자고 할끼 싶어 힘을 내어 놀아 준다. 놀아주는 건지 내가 노는 건지는 사실 잘 모르겠다. 우선 나도 재미는 있으니깐. 정신 연령이 딱 그 정도인가 싶을 때도 있다.

정말로 궁금해진다. 아이들은 부모에게 언제까지 놀아달라고 할까? 은근슬쩍 이웃들에게 물어본다. 사춘기, 딱 이 시기부터는 대화도 힘들어진다고 한다. 나는 아이들에게 사춘기를 소개해 주었다. '너희들이 크면 마음이 답답해지는 시기가 오는데 그때를 사춘기라고 한대~' 하고 말이다. 첫째는 두려워하고 있다. 사춘기가 오면 엄마와 싸우게 될까봐 싫다고 한다. 짜증이 늘어가는 게 싫다고 한다. 그런데 요즘 자신이 점점 사춘기가 오는 것 같다며 걱정한다. 사춘기를 겪는 시기가 무사히 잘 지나가기를 바랄 뿐이다. 나의 역할은 곁에서 묵묵히 버팀목이 되어주는 나무가 되어야 할 텐데… 몸이 아프면 감정이 주체할 수 없는 상태가 된다. 즐겁게 뛰어노는 미소 띤 괴물 엄마가 되어야 한다. 나는 오늘도 괴물이 되기 위해 달린다. 지금 놀아달라고 할 때 조금이라도 더 놀아주기 위해 달린다. 감정을 조절하기 위해 달린다. 아이들 기억에 엄마와는 즐거운 추억이 가득했으면 좋겠다.

요즘에 우리 아이들은 친구와 노는 시간이 길어졌다. 첫째는 이렇게까지 친구를 좋아하지 않았는데 둘째는 친구들이 최고라 한다. 막내는 친구랑 노는 것도 좋고 할머니랑도 잘 놀고 엄마랑 노는 것도 좋아한다. 이제는 친구들과 괴물 놀이를 한다. 막내의 괴물 연기가 심상치 않다. 심상치 않아 더욱 귀엽다. 한동안은 친구들과 잘 놀더니 이제는 또래보다는 형과 누나들을 쫓아다닌다. 노는 것도 점점 변화가 생긴다. 그 변화를 지켜보는 것이 참 즐겁다. 나는 이제 점점 활동량이 줄어들고 있다. 사춘기도 전에 괴물 놀이는 끝나갈 것 같다. 하지만 아쉽지가 않다. 시원한 마음이 드는 것은 왜일까? 지금은 어떤 운동을 해볼지 생각해 보는 즐거움도 느끼게 되었다. 아직은 해 볼 수 있는 것이 많지 않지만, 아이들이 자라듯 나의 시간도 많아질 것이라 기대한다.

7.

신나는 만화, 재미없는 놀이터

🐦

　요즘 영상과의 전쟁을 해보지 않은 집이 있을까?

　하루 종일 틀어져 있는 TV, 휴대성이 좋고 적당한 크기의 태블릿, 급하면 핸드폰의 작은 화면으로라도 미디어를 접한다. 볼 땐 좋지만 조절이 되지 않는 아이들을 볼 때면 복장이 터진다는 말이 딱 어울릴 것이다. 그런데 아이들만 그런 것은 아니다. 우리 남편은 게임을 좋아하고 나는 웹툰을 좋아한다. 한번 시작하면 결말까지 쭈욱 봐야 한다. 식사 한두 끼 정도는 건너뛰어도 괜찮을 만큼 그 재미가 있다. 안다. 너무나 재밌다는 것을 말이다. 요즘 말로 도파민 뿜뿜이라고 하던가.

하지만 부모의 입장은 다르다. 아직은 아무것도 안 해도 괜찮지만, 학령기를 앞두고 있지 않은가. 잘하는 건 둘째 치고 기본은 해야 하지 않을까 싶다. 계산기가 있고, 번역기가 있어도 그것이 어떻게 할 수 있는지는 알아야 하지 않겠느냐 말이다. 그래서 지금 살고 있는 집으로 이사를 하면서 TV를 없애버렸다. TV 하나만을 없애버린 것이다. 아직 집에는 태블릿도 있고, 스마트폰도 있다. 영상을 보는 것이 재미있다는 것을 알아버린 아이들에게 영상 자체가 결핍으로 남을까 봐 조절 연습을 하기로 했다.

아주 어린 시절, 그러니깐 약 3세까지는 위험한 상황일 때는 영상을 보여주었었다. 머리카락을 자를 때나 급히 운전을 해서 가야 하는데, 울고불고 할 때 말이다. 이때는 영상처럼 특효약이 없다. 나에게는 안전 운전이 되었지만, 아이의 정신 건강은 어찌 될지 좀 걱정이 되기도 했다.

영상이 꼭 나쁜 것일까? 그래서 나를 돌아보기로 했다. 나는 앞에서 말했듯 웹툰을 좋아한다. 몇 날 며칠을 본 적도 있다. 성인이 된 나를 통제해 줄 이는 아무도 없었다. 그까짓 책임감은 젊음의 미숙함에 핑계를 대면 그만이었으니깐 말이다. 그 도피처에 처박고 있었던 후에는 정신이 멍해진다. 눈이 침침하다. 한동안 머리가 아플 때도 있었고, 이건 좀 억지일지 모르겠지만 말도 조금 더듬게 되었다. 이게 스마트폰에 빠져서 그런 것이라고 단정 지을 수는 없지만, 나는 그렇게 여겨졌다. 그리고 조금 더 시간이 지난 지금은⋯ 스마트폰을 조금만 오래 하면 멀미를 하게 되었다. 스크롤 내리는 모습에 어지러움을 느끼게 되었다. 그래서 이제는 장시간 스마트폰의 화면을 쳐다보지 않는다. 나 자체가 취약한 것일 수도 있다. 남편은 아직은 모르겠다고 한다. 원래 말수가 적은 사람이었고 게임에 진심인 사람이라 그것이 스트레스 해소용이니 말이다. 체력이 받쳐주지 않음을 아쉬워하는 것 외에는 반응이 없다.

아이들이 장시간 영상에 봤을 때 유독 짜증이 심해짐을 느꼈다. 그래서 TV를 없앤 것이고 아이들과 상의 하에 조절 연습을 하기로 서로 약속을 하고 태블릿 PC로 영상을 본다. 조절이 잘 된다면 다시 TV를 사기로 했다. 그리고 사실 우리 아이들은 각각 키즈폰이 있다. 보통은 초등 입학할 때 주로 사곤 하는데, 나는 미리 구해서 눈앞에 보여주었다. 너희들이 조절이 잘 된다면 소유하게 해주겠다고 말이다. 그전까지는 엄마인 내가 관리한다. 그리고는 새로운 사실을 알았다. 아이들 소유로 폰을 개통했는데 스팸전화, 문자가 참 많이도 온다. 다 차단하고 번호 관리에 들어갔다. 내가 미리 가지고 있으니 이런 점을 알게 되어 다행이란 생각이 들었다.

또 한번은 유튜브에서 어떤 영상을 봤다. 막내는 구슬이 굴러가는 영상을 좋아한다. 장난감 구슬이 만들어놓은 트랙을 따라 굴러가는 모습을 신나게 바라본다. 그래서 장난감 중에서도 '그래비트랙스'라는 장난감을 좋아한다. 자동차도 좋아하지만 차 자체가 아닌 굴러가는 것에 대한 흥미를 보인다. 뭐 어쨌든 그런 영상을 보는데 그날따라 애들 영상을 지켜보게 되었다. 구슬이 굴러가다가 갑자기 뜬금없이 어떤 남성이 나왔다. 그러고는 이상한 음란한 행동을 했다. 당황해서 그 순간은 그냥 화면은 닫아버렸다. 생각할수록 화가 났다. 왜 그런 영상을 올린 것일까? 어떤 의도를 가지고 있을까 싶었다. 나중에 혼자 있을 때 영상 기록으로 들어가 그 영상을 다시 확인했다. 조회 수가 십만 회를 넘긴 영상이었다. 나는 신고를 하는 방법 외에는 떠오르는 방법이 없었다. 아이들을 이런 영상물에서 어떻게 지킬 것인가. 결국은 조금 더 분별할 수 있는 나이까지는 확실한 제한을 하는 방법밖에 없다는 생각이 짙어졌다. 지금 내가 할 수 있는 방법이다. 아이들의 분별력을 키워주는 것 말이다. 언제가 될지는 모르겠다.

아이들이 한동안 영상에 빠져 있을 때는 영상을 안 보는 시간에도 그 영상 이야기를 하면서 보낸다. 함께 볼 수 없는 나는 그 이야기를 듣고는 참고한다. 영상을 보기 시작하니 놀이터도 싫어한다. 아주 귀찮아한다. 놀이터에 나가서도 그다지 신나 하지 않는다. 조금 노는 듯싶더니 다시 집으로 가자고 한다. 그리고 영상을 제한하고 조금 시간이 지났다. 현재로서는 아주 신나게 놀이터를 즐기고 있다. 친구랑도 놀고 어른과도 논다. 함께 간식을 나눠 먹으며 친구들과 사이가 더욱 돈독해진다. 나는 영상을 조금 더 멀어지게 할 예정이다. 결핍이 일어나지 않을 만큼만 간절함이 생겨 애절함을 표현하지만 않게 함께 노력해 주려고 한다. 부디 이 과정의 끝이 행복이었으면 좋겠다.

확실한 건 과도한 건 좋지 않다는 것이다. 분별력이 없을 때 위험하다는 것. 조절은 꼭 필요하다는 것이다.

8.

100가지 육아법

🖤

처음은 역시나 어렵다.

출산의 기억이 없는 몸은 그 고통에서 벗어나기 위해 꽤 오랜 시간이 걸렸다. 둘도 어렵고 셋도 어렵지만, 나는 셋째 때가 돼서야 '이제야 조금 알겠네~' 싶었다. 첫째 낳을 때 힘을 주었던 방법과 둘째 나을 때 힘을 주었던 방법이 달랐다. 뭐, 나한테는 둘째를 낳을 때 힘을 주었던 방법이 조금 더 아픔을 줄여주었다. 셋째 때는 둘째를 낳았던 방법으로 힘을 주었다. 넷째를 낳는다면 잘 할 수 있지 않을까 아주아주 잠시 생각해 봤다.

책으로 정보를 얻고 아이를 키웠던 지라, 내 방법을 찾는 것이 어려웠다. 뭐 '먹이고 재우고 놀리고'에 뭔 방법이 있겠냐마는 기준을 어떻게 세우는지에 따라 자신감의 정도가 다르다고 생각했다. 나는 육아의 기준을 세우기 위해 고민을 많이 했다. 물론 주변 어르신들의 의견도 항상 체크했다. 그리고 내가 괜찮다고 생각한 방법은 잘 써먹기도 했다. 육아는 우리가 모두 직접적이든 간접적이든 경험을 하는 것이기에 '이렇게 해라 저렇게 해라.'가 난무한다. 여기서 내가 살아남으려면 기준이 있어야 한다.

요즘은 육아에 대해 지나친 관심을 보이는 사람이 많지는 않은 것 같다. 첫째 때만 해도, '양말을 신겨라. 머리를 밀어라, 머리핀을 해라, 모자를 씌워라.'와 같은 말을 많이 들었다. 그렇지만 몇 년 사이에 사회 분위기가 많이 바뀌었는지, 어르신들께서 조심히 대하는 것이 눈에 많이 띈다. 우리 친정엄마는 처음부터 도와줄 수 없음을 알렸고, 시어머니께서도 아주 잠깐씩은 도와줄 수 있지만 아이는 부모가 키워야 된다고 강조하셨다. 어르신들이 물러난 자리는 다른 전문가

들이 채워준다. 많은 영상 속에서, 영상을 못 보더라도 그것을 본 지인들의 입을 통해서, 책을 통해서, 어린이집과 유치원 선생님들을 통해서 많은 정보를 얻을 수 있다. 물론 책도 최고다. 정말이지 많은 정보들이 쉴 틈 없이 들어온다. 그중에서 우리 아이들에게 맞는 방법을 골라낼 뿐이다.

나는 첫째 때부터 아기띠도 쓰고 힙시트도 썼지만, 포대기를 아주 유용하게 써먹었다. 포대기를 할 줄 아니 깜박 잊고 놓고 다녀도 친정에도 포대기가 있어서 아주 유용하게 잘 썼다. 부피도 크지 않아 너무 좋다. 나도 포대기 하나만은 남겨놓고 잘 가지고 있다. 포대기를 하게 된 것은 EBS의 프로그램 중 '전통 육아'에 대한 내용의 영상을 본 이후부터다. 조상들의 지혜라며 아이와의 애착을 향상시켜주고 아이의 관찰력을 높이는데 '포대기'가 참 좋다는 그런 내용이었다. 그날부터 포대기 연습을 하고 바로 써먹었다. 첫째는 내 등에서 안정감을 느끼는지 곧잘 잠들었다. 재우는 게 너무 힘들었는데 그나마 수월해졌다. 힙시트는 두 손을 자유롭게 해주어서 정말 감사히 잘 썼다.

그리고 조금은 특이하게 보일지 모르겠지만 나는 첫째는 비를 맞추면서 키웠다. 잠깐 신나게 비 맞고 들어와 신나게 목욕을 시키면 감기도 걸리지 않았다. 둘째와 막내 때는 미세먼지가 심각해 보여 첫째 때처럼 하지는 못했다. 너무나 아쉬웠다. 어차피 조금 크면 비 맞는 게 싫어지고 주변을 신경 쓰기에 어릴 때 자연과 친숙하기를 바랐다. 친숙하기를 바랐는데 지금은 모르겠다. 첫째는 곤충을 무서워한다. 나무와 거의 비슷하게 보호색으로 무장한 곤충을 발견한 뒤로는 숲길도 좋아하지 않는다. 하지만 엄마인 나는 해마다 다시 시도한다. 등산을 가자고 하고, 강변을 산책하자고 한다. 모기도 많고 하루살이도 많지만 아직은 엄마를 따라 나와서 고맙다. 이렇게 따라 나오는 것도 얼마 남지 않았다는 느낌이 온다.

오후 5시 정도면 우리 집은 저녁을 먹는다. 늦어도 6시쯤은 먹는다. 해가 지기 전에 들어오는 것이 목표다. 아이들이 자랄수록 지키는 것이 어려워지고 있지만 그래도 6시 저녁 식사 시간은 맞추는 편이다. 그리고 8시 반쯤 침실에 다 함께 눕는다. 우리 집은 아직은 수면 독립은 하지 않았다. 아이들이 하고 싶다고 할 때 해 줄 예정이다. 평소엔 네 명이 한 방에, 아빠가 집에 오는 날에는 다섯 명이 함께 잔다. 누워서 책을 읽어주고, 다 읽고 나면 누워서 이야기를 한다. 다음 날 일어나면 거의 기억이 나지 않는 이야기들이다. 그런데 잠들기 전에 이렇게 이야기를 나누는 기분은 참 좋다. 소중하다. 신나게 이야기를 하고 싶어 서로 막 떠들 때도 있다. 그래서 요즘엔 한 사람이 이야기를 끝마칠 때까지 기다려주고 들어주는 것을 가르쳐주고 있다. 그러면 반드시 자신의 말하기 시간이 주어진다는 것을 알려준다. 이렇게 대화가 오간다. 이야기를 하다가 노래를 부른다. 요즘엔 개사를 하는 것에 재미가 들려서 자신들끼리 '큭큭' 댄다. 웃기긴 하다. 노래를 부르면 잠이 달아나니 다시 조용한 수다 타임으로 이끈다. 그렇게 다 함께 잠이 든다.

우리 집은 이렇다. 다른 집과 비슷할 수도 있고, 매우 다를 수도 있을 것이다. 그런데 이것이 우리 집의 특성이다. 모든 집이 같은 환경일 수는 없다. 각자 가정들만의 규칙도 있을 것이다. 그리고 함께 살아가는 것이다. 다만 내가 지키는 것은 어린아이들은 어른의 배려가 필요하다는 것이다. 어른의 배려 속에서 행복을 만들고 찾아갈 것이다. 다른 집과의 비교는 금물이다.

우리 집은 삼남매다. 세 명의 아이들이 있다. 모두를 똑같이 대하지 않는다. 그렇다고 비교한다는 이야기는 아니다. 각 아이의 성향을 맞춰주려고 노력한다. 물론 아이들에게 엄마의 성향에 관해서도 이야기해준다. 서로가 서로를 생각할 수 있게 기회를 주는 것이다. 그러니 육아법이라고 한 가지만 있을 수는 없는 것이다. 프랑스 육아, 핀란드식 교육, 미국식 육아 모두 참고 사항일 뿐이다. 나는 우리 세 아이를 맞춰줄 수 있는 무한대의 육아법을 가진 엄마인 것이다. 다른 아이한테 먹히는 방법이 우리 아이한테는 안 먹힐 수 있다는 사실을 반드시 기억해야 한다. 그렇게 나는 엄마로서의 방법을 찾아가고 사랑은 점점 더 깊어진다. 제일 중요한 건 엄마로서의 자신감도 강해진다는 것이다.

4장

삼남매의
마음과
함께하는 성장

1.

호구 육아, 수면 교육

첫째는 태어나자마자 많이 울었다.

출산 후 산후조리원에 갔을 때도 이모님들이 신기해할 정
도였다. '태어나서 2~3주간은 먹고 잠만 자는 시기예요. 이
시기가 지나면 울기 시작해요.' 그래서 조리원도 딱 그 시기
에만 조리를 해주는 것이란 얘기도 들었다. 조리원은 그래
서 2~3주가 최대로 머물 수 있는 기간인 것이다. 그 이상은
거절한다고 했다. 산모의 몸이 2~3주 만에 회복될 리 없지
만 태어난 아이도 그래도 약 2주간은 세상을 마주하는 적응
을 하는 시기인 것이다. 그런데 조리원에 간 첫날부터 울기
시작했다. 시끄러운 소리가 들리면 우리 아이였다. 이모님

들의 안타까운 시선이 벌써 느껴졌었다. '집에 가면 고생길이 훤하네.' 하면서 말이다.

조리원이 끝나고 집으로 돌아왔다. 여전히 내 똥꼬에서는 불이 나는데 아이는 울었다. 그래도 첫째 엄마의 패기는 엄청나지 않은가. 사랑으로 똘똘 뭉쳐 돌보기 시작했다. 어느 날 갑자기 남편이 책을 선물해 줬다. 수면 교육에 대한 책이었는데, 저자도 첫째 때는 힘들어했지만 잠에 대한 연구로 둘째 때는 편한 생활을 하게 됐다는 내용이었다. 첫째 때는 호구와 같은 육아라고 표현했지만 무슨 마음인지 알았다. 그런데도 불구하고 나는 저 '호구'라는 단어에 반감이 들어서 수면 교육을 하기로 했다. 여기서 성공하지 못하면 나는 호구가 될 것만 같았다. 단호하게 마음을 잡고 날짜를 잡아서 실행했다. 두 시간 내내 줄기차게 울어대는 아이를 보며 잘못됨을 깨달았다. 그리고 그냥 호구가 되기로 했다. 앞 장에서 말했듯, 육아는 아이에게 필요하고 알맞은 육아법이 있는데 첫째 때는 그것을 몰랐다. 나는 이 수면 사건을 계기로 첫째의 믿음을 저버렸다. 믿을 수 없는 얘기겠지만 이 믿음을 되찾기까지 약 1년의 시간이 필요했다. 그리고 그 과정에서 아이에게 주는 사랑으로 행복해지는 나의 마음과 아이의 기질에 따라 다른 방법으로 육아를 해야 한다는 것을 알게 되었다.

기질이라는 단어를 몰랐을 때에는 나는 '사랑의 그릇'에 대해서 생각했다. 사람은 누구나 사랑의 그릇을 가지고 태어난다. 그 그릇에 사랑이 찰랑찰랑 담겨있다면 그 아이는 세상 편안한 아이일 것이다. 많이 웃고 상호작용도 잘 되는 그런 아이 말이다. 하지만 그렇게 찰랑찰랑 채워서 태어나는 아이가 얼마나 될까? 보통은 빈 곳을 메우기 위해 아이는 온몸으로 울면서 전하는 것이다. '나를 좀 더 사랑해 줘!'라고 말이다. 그래서 나는 아이의 3살까지는 부모가 이 사랑의 그릇을 중간 이상까지 채워줘야 한다고 생각하게 되었다. 나머지는 아이들이 살아가면서 채워야 한다.

첫째는 내가 짐작건대 10의 그릇이라고 치면 2 정도의 사랑을 가지고 태어나지 않았나 싶다. 그러니 8 정도의 사랑을 부모가 채워줘야 하는 것이다. 둘째는 6 정도 가지고 태어난 것 같고 막내는 5 정도 될 것 같다. 이런 것을 학문적으로 어떻게 표현해야 할지 모르겠지만 기질이라는 말과 가장 흡사하지 않을까 생각한다. 초등학생인 첫째는 이젠 정말로 예민해 보이지 않는다. 아주 가끔 드러날 때가 있지만 대화를 하다 보면 금세 해결이 된다. 사춘기를 겪으면서 그 사랑의 그릇이 더욱 탄탄해지고 가득 메워졌으면 하는 바람이다. 안정된 마음을 가지고 독립을 하기를 간절히 기도한다. 그리고 나 또한 옆에서 열심히, 적당히 채워주리라 마음먹는다.

자식 앞에서 적당한 호구가 되는 것도 괜찮지 않았나 싶다. 그만큼 많이 배웠고 나만의 방법을 찾았으며, 더욱 진지하게 생각하게 되었으니 말이다. 이제는 이렇게 단어 하나에 발끈하여 속상해하지 않을 만큼 나도 단단해진 것 같다. 내 안의 사랑의 그릇 또한 탄탄해지고 깊어지는 것을 느낀다. 위에서 받은 사랑으로 단단한 그릇을 만들고, 살면서 나눈 사랑으로 그릇은 깊어진다. 그리고 아이를 키우며 그릇에 색깔을 칠한다. 선명해지고 아름다워진다. 아이를 키우면서 내가 느낀 감정이다. 부모가 되며 어른이 된다는 것은 이런 것을 말하는 것이 아닐까 하고도 생각한다.

아이가 어리니 나는 아직도 배울 것이 많다. 그리고 느낄 것도 많다. 점점 감정이 메말라간다고 느꼈는데 어느 날 갑자기 촉촉이 젖어 드는 감성이 있다. 다른 모든 부모가 그렇듯, 잠자는 아이의 얼굴을 바라보면 참 아련하다. 낮에 있었던 일이 떠오르고 후회가 밀려온다. 아이는 무슨 꿈을 꾸는지 모르지만 나는 그 앞에서 미련하게 조용히 눈물을 훔친다. 누구 볼까 부끄러워 발가락을 바라본다. 동글동글 나란히 있는 다섯 개의 발가락이 세상 귀엽다. 발 냄새는 나지 않지만 귀여움의 냄새가 있다면 이런 것일까 싶다. 아! 200mm 넘어가면 진짜 발 냄새가 난다. 조심해야 한다. 무심코 맡은 발 냄새에 급격히 신경이 예민해질 수 있으니 말이다.

난 정말로 잠이 많은 사람이었는데, 그리고 지금도 잠이 너무나 필요한데도 아이들과의 잠은 아직도 행복하다. 얼마나 지속될지 모르는 우리의 잠자기 전 대화가 아이들에게도 좋은 시간으로 기억되길, 나는 바란다. 너희가 어떤 기질로 태어났든, 어떤 아이이든 사랑할 수밖에 없다는 것을 마음에 담아주었으면 좋겠다.

2.

내 마음도 모르는데

🖐

눈물이 주르륵.

나도 왜 우는지 모르겠다.

영화를 보는 중이었다. 분명 방금까지도 재미없다고 생각했다. 뻔한 내용이라고 생각했다. 눈물이 흐르는 나 자신을 이해할 수 없었다. 이런 적이 한두 번이 아니다. 화가 나야 하는 상황에도 눈물이 나왔고, 슬픈 상황엔 웃음이 나왔다. 감정의 어딘가 망가진 것은 아닌가 생각했지만 크게 신경 쓰지 않았다. 사는 데 아무 문제는 없었다. 문제만 없으면 된다.

혼자만의 고민을 안고 결혼과 출산이 이어졌다. 그동안은 문제라고 생각하지 않았던 것이 이제야 문제로 다가왔다. 나의 부족한 점이라고 생각하니 뭘 하든 이 생각만 들었다. 육아 영상을 봐도 아이의 감정을 읽어주라고 한다. 육아 서적을 보아도 아이의 감정을 읽어주고 공감해주어야 한다고 한다. 글쓰기 수업에서도 자신의 감정에 집중하라고 한다. 그리고 표현을 해야 한다고 한다. 많은 어른이 자신의 감정에 솔직하지 못하고 표현할 줄을 모른다고 한다. 아마 이래서 상담하는 곳들을 찾아가는 것이 아닐까 싶다. 아무튼 나는 나의 문제를 찾았다. 나는 나의 마음을 모른다. 그런데 내 자식의 마음을 읽어주고 공감해 주어야 한다. 세상 어려운 일처럼 느껴진다.

그래도 사랑은 좀 아는 것 같다. 나는 우리 아이들을 사랑한다. 귀엽고 웃기고 내 마음이 기분 좋은 감정으로 가득 찬다. 물론 화가 날 때도 많지만 대체적으로는 사랑이다. 이것은 다른 감정들도 마주할 힘을 준다. 내가 가장 먼저 나에게 내린 솔루션은 솔직해지는 것이었다. 그래야 내 감정을 알 수 있을 것 같았다. 사랑을 시작으로 나도 나에 대해서 알아간다. 슬프다. 기쁘다. 걱정된다. 재밌다. 화가 난다. 짜증이 난다. 아이들의 감정 표현 책을 보니 몇 가지의 감정이 나와 있다. 이런 감정이야. 나도 알지! 맛있는 것을 먹을 때 기쁘고, 나 빼고 먹으면 화도 나고 짜증도 나고. 애들이 밥을 못 먹으면 슬프고 걱정도 되고. 아주 간단한 것 같다. 그리고 우리 집을 잘 보니 제일 많은 감정은 억울한 것이다. 싸우고 있는 아이들을 보면 꼭 억울하다는 얘기가 많았다. 나는 이렇게 하려고 했는데 좋은 마음이었는데 동생이 알아주지 않아서 섭섭하고 엄마한테 혼나서 억울하다는 것. 동생도 마찬가지라고 얘기한다. 원래는 좋은 마음으로 시작했는데 누나가 알아주지 않아서 속상하다는 것이다.

와… 우리는 정말 감정의 소용돌이 속에서 살아가는구나 싶었다. 어느 하루가 생각이 났다.

편안한 마음으로 아침에 눈을 떴는데, 알고 보니 유치원을 가야 하는 날이었단다. 갑자기 귀찮아지고 은근슬쩍 열도 나는 것 같은 기분. 일어나기 싫다. '엄마, 조금 더 누워 있다가 나갈게~'라고 말하고 누워 있는데 갑자기 기억이 떠올랐다. 유치원에서 키즈 카페를 간다고 했던 날인 것 같은데 아닌 것 같고. 궁금해서 엄마에게 물었다. '얼른 일어나, 오늘 키즈 카페 가는 날이잖아~' 엄마의 말을 듣고 기운이 솟아오른다. 친구들과 만나서 키즈카페에서 놀 생각을 하니 설렘마저 생기는 얼굴이다. 당장 유치원으로 가야 하는데 옷도 입어야 하고 밥도 먹으라는 엄마의 성화에 조급함이 밀려온다. 개운하게 세수와 양치를 하고 발걸음도 가볍게 유치원으로 걸어간다. 신이 나서 가다 보니 하얗게 변해버린 민들레 꽃씨가 보인다. 그냥 지나칠 수 없다. 주변에 벌레가 있을까 무섭지만 잘 확인하고 민들레 꽃씨를 꺾는다. 몽글몽글 민들레 꽃씨는 참 이쁘다. '후~' 하고 부니 잘 안 날아간다. 입 바람이 아직 약하니 마음을 단단히 잡고 몇 번 더 불어 본다. '후~ 후~' 드디어 잔잔히 날아가는 꽃씨들을 바라본다. 날아가는 모습 또한 잔잔하다. 저 멀리 등원하는 친구들이 보인다. 둘째가 좋아하는 친구다. 반가움이 가득하지만 아직은 수줍다. 용기를 내어 친구에게 인사를 한다.

그리고 친구 뒤를 쫓아 부지런히 유치원으로 간다. 또 용기를 내어 선생님께 인사를 하고 오늘 하루 칭찬을 많이 받아 오리라 다짐하는 비장한 얼굴로 유치원에 들어간다.

어떤가 이 정도면 감정 공부를 많이 한 엄마 같은가? 사실 나는 아직도 부족하다는 생각이 든다. 나는 아이의 감정을 읽고 말로 표현해 주는 사람이 되어야 하는데 부족하다는 생각뿐이다.

내 일기장을 펴봤다.

2024년 6월의 어느날

월요일에는 남편이 재택근무를 했다.

하루 종일 함께 있으면 '또 싸우지 않을까?' 하는 걱정에(더 이상 화내고 싶지 않았다.) 도서관으로 운전대를 잡았다. 도서관은 월요일 휴관이었다. 그래서 북카페로 발걸음을 옮겼다. 카페 사장님이 어딘가의 세미나에 가셨단다. 이렇게 방황을 하다가 스타벅스로 갔다. 이제 막 커피가 나왔는데 철수네 엄마로부터 연락이 왔다. 브런치를 먹자고! 바로 오케이 하고 브

런치 먹으러 갔다. 애들 얘기, 교육 얘기, 부동산 얘기 등을 하다가 시간 가는 줄 몰랐다. 무엇보다 평소에도 철수네 엄마 아빠는 참 사이가 좋아 보였는데, 알고 보니 대학교 CC였다고! 무려 20년이나 함께 하셨다고 한다. 어쩐지 뭔가 풍기는 아우라가 다르게 느껴졌는데 시간의 힘이었나 싶었다. 좀 부러웠다. 나도 마음으로 단단하게 엮어진 부부이고 싶다.

아이의 마음을 읽는 데는 노력이 되는데 나의 마음은 참 단조롭다. 다채로운 시기가 지나서일 수도 있지만 격정의 감정을 갖고 싶지 않아서 그런 것 같다. 일기장에 감정을 많이 넣어 써보려고 하는데 쉽지 않다. 어찌 하루아침에 되겠나 싶다.

아이를 키우며 일기를 다시 쓰게 되었다. 더 나은 엄마가 되고 싶어서 일기를 쓴다. 자신의 마음을 안다는 것은 힘이 된다. 내가 느낀 바로는 그렇다. 이렇게 하루하루 더 나은 내가 되어가고 있다. 아이의 감정을 읽으려 노력하며 나의 마음도 배워가고 있다.

3.

감정을 알려주는 엄마

그래서 나는 감정이 어려웠었다.

하지만 어렵다는 마음을 인정하니 배움 모드의 학생으로 돌아갔다. '모르면 배우면 되지~' 오늘이 내 가장 젊은 날인데, 뭐 어떠랴 싶었다. 시간은 부족하지만 틈틈이 책을 읽으면 된다. 책은 내 배움의 창구가 되었다. 물론 우리 삼남매에게 읽어주는 책도 아주 배움이 크다. 요즘 어린이 그림책은 어린이만을 위한 것이 아니다. 어른의 마음 치유까지 담당해 준다. 좋은 그림책을 내 주시는 작가님들께 감사의 마음을 꼭 전하고 싶다. 아무튼 그래서 나의 모토는 '아이와 함께 배운다.'이다. 문제는 배울 게 한두 가지가 아니라는 것.

첫째 때는 진짜 초보 모드의 엄마였기에 정말 열심히 마음을 읽어주려고 노력했다. '아~ 우리 첫째의 마음이 섭섭했구나~' 이런 식으로 말이다. 감정은 읽어주었지만 제대로 된 해결책은 제시해주지 못했다. 그랬더니 곧 학교를 가야 하는 나이에 감정 폭발이 일어나는 모습을 지켜보게 되었다. 무언가 잘못되었다. 그리고 깨달았다. 감정을 읽어주는 것은 취학 이후의 아이들에게 더 중요하다는 것을 말이다. 미취학 아이들은 감정을 알려주고 욕구를 해결해주고 단호하게 알려줘야 한다는 사실을 뒤늦게 깨달았다. 공감도 중요하지만 그것은 자신을 어느 정도 알아야 하는 상태여야 효과가 좋다. 그래서 나는 초등학교 취학 이전과 이후로 구분을 짓게 되었다. 말을 못하는 아기야 당연히 즉각적으로 반응을 해줘야 하지만 말을 배우기 시작하면서는 정말 읽어주고 알려주는 엄마가 되어야 한다. 해도 되는 것과 안 되는 것, 마음을 삭히는 방법, 해결하는 방법도 알려주어야 한다. 그리고 감정 읽기의 정말 최고로 중요한 순간은 초등 1학년부터 사춘기 전까지라는 생각이 들었다. 취학 이전은 보통 두루뭉술한 감정만 남는다면 취학 이후는 정말 기억력이 좋아져서 기억과 감정이 함께 남는다. 개인차는 모두 있으니 부모의 역할이 크다. 따라서 본격적인 육아는 초등부터다.

감정을 보려면 앞뒤 사정을 봐야 한다. 철저한 관찰자가 되어야 한다. 더군다나 우리 집은 삼남매이지 않은가? 아직 나이가 어린데도 모함과 술수가 판을 친다. 자매일 때는 그렇지 않았다. 남매가 되어버리고 이제 막내가 못하는 말이 없이 누나들의 말을 다다다다 가로챈다. 누나들은 그게 그렇게 억울한 것이다. 막내는 잡아떼는 것도 그렇게 잘한다. 산타 할아버지와 피노키오 앞에서는 펑펑 우는 아이라 그래도 아직은 귀엽다. 산타 할아버지가 오래오래 막내의 마음에 있었으면 좋겠다. 어린이들에게 도덕적 기준은 부모가 세워주고 그 양심은 산타 할아버지께 맡겨야 할 듯싶다. 아무튼 산타 할아버지의 도움이 정말 크다.

오늘도 우리 집은 수많은 감정의 소용돌이 속에서 함께하고 있다. 나는 피곤하다며 커피를 들이켜고 있고, 첫째는 조용히 있고 싶다며 한 자리 차지한다. 둘째는 뭔가를 만들고 있다. 막내는 춤을 추고 똥과 방구 얘기를 했다가 태권도 시범을 보여준다. 두루마리 휴지 띠를 허리에 메고 근엄한 듯 세상 멋진 표정으로 태권도 시범을 보인다. 그리고 바로 앞구르기를 한다. 연관성 없는 행동들의 연속이 연관성이 있다.

아직은 머리채를 잡고 싸우거나 하지는 않는다. 그런데 곧 그럴 것 같다. 그런데 나도 그랬다. 한 10살쯤인가? 딱 한 번 그렇게 싸워보고는 그 이후는 절대로 머리채를 잡고 싸우는 일은 없었다. 그러니 한 번쯤은 싸워보는 것도 나는 눈을 감아주어야 할 것이다. 아이들의 마음이 언제나 평온하기를 바라지만, 지금 한창 감정을 배우는 아이들이 어떻게 평온하겠나싶다. 오늘은 신남의 감정이 불쑥 튀어나왔다가 잠시 화난 감정이 삐죽 튀어나오고 사랑하는 마음이 몽글몽글 올라왔다가 시샘의 마음이 갑자기 덮어버리는데 말이다. 10대인 사춘기쯤에는 말도 못 붙일 것이고, 갱년기는 지나야 안정이 되려나? 그냥 하루하루 평온한 마음이 더 많기를 바랄 뿐이다.

살아가면서 부정적인 감정은 잠시만 스쳐 지나가고 긍정적이고 편안한 마음이 가득하기를 바란다. 그리고 그 감정을 온전히 받아들이고 조절할 수 있다면 더는 바랄 것이 없겠다.

4.

엄마는 딱 알아

🐦

아이들의 그림책 중에서 『엄마는 딱 알아』라는 그림책이 있다. 애플비 출판사에서 나온 책인데 아이가 단어로 칭얼댄다. 그러면 할머니, 할아버지, 삼촌, 아빠는 엉뚱하게 받아들인다. 하지만 뒤에서 지켜보던 엄마가 흐뭇하게 바라보며 아이의 요구에 딱 맞는 준비를 하고 있다. '배! 배~'라며 단어로 외치는 아이에게 배 장난감을 내밀고 약숟가락을 내민다. 배를 타러 가자고 한다. 엄마는 그때 밥상을 준비하여 나타난다. "열매, 배고파요~"라고 문장을 말하기까지 얼마나 많은 고난을 겪었을지 마음이 다 뻐근하다.

　내 스마트폰 사진첩을 열어보면 사진과 영상이 빼곡하다.

첫째가 태어났던 2016년부터 지금까지의 기록이 있다. 첫째가 단어로 말하던 시기, 징징대던 시기에 찍은 영상을 보게 되었다. 아이는 원하는 것을 확실하게 말하는데 나는 엉뚱한 소리로 답을 하고 있었다. 그때야 깨달았다. '나, 굉장히 모자랐던 엄마였구나. 어떻게 저렇게 분명하게 말하는데 못알아듣지?' 싶었다. 첫째라 그랬을 것이다. 정신없이 바쁜 중이라 그랬을 것이다. 이 모두가 가능한 얘기이다. 그래도 어찌저찌 첫째는 9살이 되었고 잘 지내고 있다. 자기 말을 못 알아듣는 엄마를 기억할까 싶지만 아이는 기억하지 못한다. 담임 선생님과 똑같은 얘기로 자신을 설득하는 엄마는 모든 것을 다 알고 있는 것처럼 느껴지나보다. 그래서 아직 현재까지는 아이에게 믿음직스럽다 여겨지는 엄마다. 이 믿음직스럽다는 것은 규칙적인 생활에서 주는 믿음일 것이라 생각한다. 말과 행동의 일치에서 오는 믿음일 것이다. 그 시절을 겪어온 엄마의 마음 헤아림에서 오는 믿음일 것이다.

하지만 이제는 아이들도 마음에도 없는 말을 하기 시작했다.

괜히 '엄마는 내 마음도 몰라.'라며 훌쩍훌쩍 운다. 바로 어젯밤 일이다. 우리 집은 안방에 2층 침대와 싱글 침대가 있다. 1층은 막내와 엄마 자리, 2층은 둘째 자리, 싱글 침대는 그 중간 정도의 높이라 1.5층이라 부른다. 1.5층은 첫째의 자리이다. 바닥에는 침대에서 혹시라도 떨어질 경우를 대비해서 두꺼운 이불을 깔아놓았다. 어느 날부터 둘째가 엄마 옆에서 자고 싶다고 한다. 그래서 바닥인 0층으로 내려왔다. 한쪽엔 막내, 또 다른 한 쪽엔 둘째를 끼고서 잔다. 그런데 갑자기 첫째가 '나도 엄마랑 자고 싶어~' 하며 우는 것이 아닌가. 둘째도 막내도 양보할 마음이 전혀 없다. 결국엔 첫째와는 90°로 머리를 맞대고 누워 손을 잡고 잔다. 하하하.

세 아이의 마음에 쏙 드는 100% 만족스러운 상황을 만들기가 힘들다. 어젯밤의 경우는 아이들에게 어떤 기억을 남길지 참으로 궁금하다. 나는 과연 아이들의 마음을 딱딱 알아듣고 있는 것일까?

말하지 않아도 안다는 말은, 아이들을 키우며 모르는 말이 되었다. 분명히 말해야 하고 확실히 표현해야 한다. 엄마는 너희들의 마음을 얼추 맞출지는 몰라도 밖에 나가서도 그렇게 하면 선생님은 너의 마음을 모른다, 친구들도 너의 마음을 모른다고 얘기해준다. 확실하고 분명하게 말해야 한다고 가르친다. 내향적인 엄마지만 아이들도 나가서 한마디 못 하고 집에 돌아올까 봐 걱정되었다. 어린 나이에 어린이집을 다니는 아이들을 보며 믿음으로 기다린다. '잘 지내고 있을 것이다.' 하고 말이다. 수다쟁이는 아니지만 할 말은 분명하게 하는 사람으로 컸으면 좋겠다. 물론, 이건 모든 엄마들의 바람일 것이다. 이렇게 크다 보면 어느 순간 말하지 않아도 알 수 있는 감정들을 알게 될 것이다. 자란다는 것은 이렇게 오랜 시간 공들여 키워진다는 생각에 마음 한편이 뭉클하고 씁쓸해진다. '언젠가 우리 아이들도 엄마의 마음을 아는 날이 오겠지?'라고 생각한다. 하지만 '엄마는 언제나 예외'일 것이라고 생각은 하고 있다.

나는 오늘도 아이들에게 감정을 알려준다. 엄마인 내가 몰랐던 감정인데 책을 통해서 알게 된 감정도 얘기해준다.

말로 표현할 수 없는 감정도 얘기해준다. 엄마가 두루뭉술하게 얘기하니 조금 걱정이지만 함께 나아간다. 올해 가을에는 첫째가 집에 들어오면서 말한다. "엄마, 밖에 나가봐. 노을이 엄청 멋져. 멋진데 엄청엄청 멋져. 다른 느낌도 있는데 모르겠어. 아무튼 일기장에 기록해놔야 해. 그 정도로 멋져." 알 것 같다. 그 노을이 얼마큼 멋질지 말이다. 엄마도 멋지게 표현할 어휘가 부족한데 너라고 다르지 않을 것이다. 아쉽다. 그래도 그 마음만은 받았다. 네가 태어나서 본 노을 중에 가장 예쁘고 멋지다는 것을 말이다.

지금은 모르겠지만 나는 이제는 표현할 길이 없으면 답답함을 느낀다. 어떻게 해서든 말로 표현하고 싶은데 쉽지 않다. 그림을 그릴까? 악기를 배울까? 그러면 표현이 다채로워질까 고민한다. 그래서 아이들에게 여러 가지 방법으로 표현하기를 권하고 있다. 물론 쉽지 않다는 것을 알기에 천천히 나아간다.

첫째가 읽었던 그 책을 나는 아직도 가지고 있다. 막내가 어리니 여전히 책을 읽어준다. 열매가 원하는 것을 말할 땐 열매가 되어 징징거린다. 아이들이 깔깔 웃는다. "얘들아~ 진짜로 엄마는 너희들의 마음을 딱 아는 것 같아?"라고 물어보았다. 셋 모두가 "응!"이라고 말한다. 너희들은 기억하지 못하겠지만, 엄마는 무진장 못 알아들었던 시절이 있었단다. 그래도 이렇게 좋게 얘기해 주어서 '엄마는 너무 기뻐.'라고 답해준다. 사춘기를 기다리는 아이를 보며, 사춘기가 되어도 '엄마는 딱 알아!'란 말이 나오도록 열심히 나의 사춘기 시절을 떠올려 보려 한다. 엄마는 정말 '딱' 아는 것 맞죠?

5.

네 친구 아니고 내 친구

🌙

    막내는 어린이집이 끝나면 할머니와 함께 놀이터로 향한다. 2020년 12월 31일이 출산예정일이었던 막내는 예정일을 훌쩍 넘겨 태어났다. 그래서 그런지 아니면 누나들이 있어서 그런지 성장에 대한 욕심이 남다르다. 물론 그 또래의 남자애들이 다 그런 것 같기도 하다. '얼른 커지고 싶어~ 누나들처럼 빨라지고 싶어!'라고 말한다. 그래서 막내는 유독 둘째한테 경쟁심을 갖는다. 매일 달리기 시합을 하자고 하고 10m 앞에서 먼저 출발한다. 그렇게 해서라도 이기고 싶어 한다. 어린이집에서는 친구들하고 잘 노는지 잘 모르겠지만 놀이터만 가면 형아들 꽁무니를 쫓아다니느라 바쁘다. 형아들하고 친해지고 싶어서 젤리도 챙겨나간다. 젤리를 받은 형 아들은 함께 놀아주기도 한다. 그러다 보니 막내는 놀이터에서 아는 사람이 많다. 둘째의 친구들과도 놀고 첫째의 친구들과도 논다. 그래서 막내는 둘째의 친구들은 자기의 친구라고 생각하는 것 같다. 형아, 누나들을 마주칠 때마다 "엄마~ 수호다!"라고 외친다. "막내야~ 이름 뒤에 형을 붙여야지~" 확실히 나이를 구분해 줘야 하는 민감한 문제다.

뭐 성인이 돼서야 나이는 별 상관이 없는 것 같다. 내가 만난 사람들은 그렇다. 아니, 사실 나이 자체를 기억하기가 힘들다. 내 나이를 세는 것도 귀찮아하는데 주변 인물들의 나이를 다 기억하기란 쉽지 않다. 나는 그냥 다 어른으로 모신다. 어른이랑 친구 하면 되지 않냐 말이다. 약간의 예의를 지켜가면 만나는 모든 이들이 다정하고 반갑다. 물론 나의 친구들도 종종 연락을 한다. 아이를 낳으면 축하해주고, 연락이 뜸해지면 바쁘겠구나! 한다. 그리고 다음을 기약한다. 30~40대는 아마도 이렇지 않을까? 서로의 상황을 안 봐도 안다. 그래서 더욱 이해가 간다. 연락할 때마다 우린 언제

만나서 노냐고 아쉬워하지만 이렇게 전화 통화만으로도 숨통이 트이곤 한다. 친구란 참 좋다.

어린 시절엔 매일 학교에서 만나고, 학원을 같이 가고 집에 가는 학원 차에서조차 함께 앉아 있었다. 친구들의 집은 우리 집에서 굉장히 멀리 떨어져 있었고 만나려면 마음을 다잡아야 했다.(우리 친정집이 산속에 있어서 그렇다.) 몇몇 친구가 우리 집에 놀러 오기도 했다. 그리고 한번 놀러 왔던 친구는 다시는 우리 집에 놀러 오지 않았다. 굉장히 고된 여정이었을 것이다. 그 이후로는 학교에서 만나서 놀았다. 친구는 내 마음속의 든든함이다. 나이만 먹어 힘들다고 툴툴대지만, 우린 각자의 행복을 응원한다. 아! 참 신기한 것은 친구는 친구고 친구들의 형제자매들은 형제자매다. 1살이 많더라도 깍듯이 대한다. 나름 우리의 룰이다.

그런데 우리 막내는 제 친구는 원래 자기 친구고, 누나들의 친구도 자기 친구처럼 대한다. 이름은 다 기억하면서 형과 누나 호칭은 싹 빼먹는다. 아무리 세월이 많이 흘러 다른 시대를 살고 있지만 요건 또 못 볼일이다. 아주 지겹도록 얘기해줬다. 이름 뒤에 꼭 형이라고 해라. 누나라고 해라라고 말이다. 둘째는 언니라는 말을 곧잘 했는데 막내는 그게 참 안 된다. 그러던 어느 날, 막내가 누나를 이름만 부르는 것을 이웃 할머니가 목격하셨다. 엄청 무서운 얼굴로 "누나라고 불러야지. 둘째가 뭐야, 둘째가."라며 혀를 쯧쯧 차신다. 막내는 들은 척도 하지 않고 달려갔다. 그런데 그 이후로 친구를 제외한 모든 누나와 형들에게 제대로 된 호칭을 붙여주었다. 가끔 누나라는 호칭을 잊기는 하지만 금세 다시 고쳐 부른다. "둘째… 둘째 누나~ 나 멋져?" 이렇게 말이다.

참 신기함을 느낀다. 분명 못 들은 척 지나갔는데 이웃 할머니의 훈육이 제대로 먹혔다. 가끔 이런 일에는 감사의 미소로 화답을 한다. 요즘 누가 이렇게 훈육을 해주냐 말이다. 나조차도 한 걸음 뒤에서 쳐다만 볼 뿐인데 말이다. 그래서 나는 요즘 같은 시기에 이렇게 참견해주시는 어르신을 보면 감사한 마음이 크다. 아! 그 이웃 할머니는 유치원 등원할 때마다 마주치는 할머니다. 한마디로 매일 만난다는 얘기다. 그래서 먹혀들었는지도 모르겠다. 매일 만나야 하니깐 말이다.

이제는 첫째의 친구는 첫째의 친구, 둘째의 친구는 둘째의 친구, 막내의 친구는 막내의 친구다. 물론 엄마의 친구는 나이가 다양하다. 함께 아이를 키우며 매일 서로를 응원하는데 친구가 아닐 수 없다. 자녀 친구들의 엄마들은 시간이 지날수록 친구가 되어간다. 우리 어머님도 아들을 키웠던 그 동네에 여전히 살고 계신다. 아들 친구의 엄마가 제일 오래된 친구가 되었다. 여전히 점심 식사를 함께 하며 산책도 함께 다니신다. 학창 시절 친구들을 자주 만나지 못해 아쉽더라도 우리는 새로운 인연을 만들 수 있다.

어린 시절엔 내 친구만 내 친구였지만, 어느 순간 네 친구도 내 친구가 된다. 마음의 문을 열고 진심 어린 마음으로 서로를 대하면 된다. 행복의 순간이 늘어갈 것이다.

6.

절약은 도대체 어떻게?

엄마표를 한다.

굳이 과목으로 치자면 영어, 수학, 과학, 역사, 체육, 미술, 음악, 독서. 과목엔 없지만 인성까지. 안 했던 것이 없다. 뱃속부터 영어를 하지 않았다면 영어는 포기하라는 누군가의 말을 듣긴 했지만 뭐 그건 그거고. 나는 내가 할 수 있는 것은 다 시도해 보았다.(나는 이 모든 것을 합쳐서 '엄마표 놀이'라고 칭한다.) 이 책 어딘가에서도 언급했듯이 나는 가만히 있는 것보다는 노오력을 좋아하는 사람이라서 말이다. 굉장히 과하고 유별난 엄마처럼 보일 수 있겠지만 말이다. 하지만 삼남매가 되는 즉시 엄마표는 내려놓았다. 나이대가 달라 수준차가 너무 심하고 서로에 대한 이해를 바랄 수 없는 나이이고 나 또한 힘들어서 하지 않았다. 그런데 막내가 5살을 바라보는 지금. 슬금슬금 가르침의 본능이 솟아오르고 있다. '내가 마! 가르치던 직업을 했던 사람이야~ 경력은 짧지만……' 그 욕구를 내 자식들에게 풀고 있다. 나는 중등교사 자격이 있으므로 유치부와 초등은 알 턱이 없지만, 우리가 모두 겪어오지 않았나. 그리고 요즘은 워낙 SNS가 발달해 있기 때문에 SNS에 올라오는 활동들을 따라하기만 해도 시간이 모자랄 정도이다. 나는 창작이 어려우므로 적당한 것을 찾아서 따라 한다. 아이들은 엄청나게 좋아한다.

나만의 엄마표가 약간 다른 것은 결과, 즉 아웃풋을 기대하지 않고 한다는 것이다. 여태까지의 원했던 아웃풋은 '즐거움' 딱 이 한 가지였다. 지금에 와서는 굉장히 바보같이 느껴지지만 첫째가 아직도 과학에 흥미 있어 하는 것을 보면 괜찮았던 방법이었던 것 같다. 그래서 사실 다른 아이들과 비교해 봤을 때도 특출 나게 많이 안다거나 하지는 않는다.

다만 긍정적인 면을 보자면 새로운 것을 접하게 될 때 거부현상이 적다는 것이다. 우리는 정말 놀이 자체로 즐겼기 때문인 것 같다. 그래서 내년에는 첫째를 조교로 엄마표 놀이를 다시 시작하는 것을 계획하고 있다. 이번 목표는 조금 다르다. 바라는 아웃풋으로 즐거움 외에 유익함을 넣으려고 하기 때문이다.

어쨌든. 우리는 이렇게 논다.

그런데 이렇게 바로 직접적으로 아이들을 보다 보면 버려지는 재료들이 많아서 죄를 짓는 기분이 들 때가 있다. 밥을 먹을 때도 남기고, 화장실에서도 휴지를 막 풀어서 써댄다. 태권도를 한다고 두루마리 휴지띠를 만들고, 미라도 되어본다. 색종이는 어떤가. 고이 이쁘게 접어서 만드는 쓰레기가 된다. 사실 이 모습을 지켜보는 나는 마음이 편치 않다. 습관이 이렇게 무서운 것이다. 아이들은 그럴 수 있다는 사실을 알면서도, 아이일 때는 안 먹힐 잔소리인 줄 알면서도 옆에서 계속 말한다. '딱 쓸 만큼만 감사하며 사용하는 거야~'라고 말이다. 하지만 당연하게도 이해하지 못한다. 지구 얘기도 했다가 물건을 만드는 사람에 대한 예의에 대한 말도 했다가 가정 경제에 관해서도 얘기를 한다. 첫째를 보니 한 7살쯤부터는 알아듣는 것 같았다. 하지만 실천은 별개이다. 첫째는 지금 9살인데도 불구하고 샤워를 몇 시간씩 하는지 모르겠다. 신나는 노랫소리와 함께 줄줄 흘러 나가는 물 새는 소리가 들린다. 몇 번 잔소리를 했더니 '나 사춘기가 오는 것 같아.'라는 말에 잔소리의 빈도를 줄였다. 어렵다 어려워. 물뿐만이 아니다. 샴푸, 바디 워시도 텅텅 비어가고 있다.

'절약은 언제쯤 가능한 것인가요~?' 하고 맘카페에 질문 글을 올린 적이 있다. 답글은 많이 달리지 않았지만, 양치 교육할 때부터 시작을 했다는 사람도 있고 초등학교 3~4학년은 되어야 한다는 말도 있었다. 엄마의 역할을 그 나이가 될 때까지 지치지 말고, 꾸준히 아껴 쓰는 마음에 대해 잔소리를 해야 한다는 것이다. 이쯤 되면 가끔 이런 조언도 나온다. '물건을 쓰고 다시 사야 순환이 일어나죠~ 애들은 그 과정에서 창의력이 솟아오른다고요~'라고 말이다. 그래도 나의 마음은 조금은 정도껏 조절 좀 되었으면 좋겠다는 것이다. 그리고 자연에 대한 감사와 물건을 만드는 사람에 대한 감사, 유통 과정에 많은 사람이 있다는 것도, 그래서 하나의 물건에는 많은 사람의 노력이 들어간다는 것을 알려주고 싶었다. 헛되이 버려지게 하지 말고, 그 물건의 쓸모를 충분히 다 한 후에 버리는 것. 이것이 내가 물건을 사용할 때 갖는 마음가짐이다. 버리는 것이 끝이 아니다. 나는 쓰레기를 잘 담아 버리면 수거를 해 주시는 고마운 분들이 계시지 않은가? 그리고 다시 자연으로 돌아가기까지. 그 모든 과정을 감사해야 할 것이다. 이렇게 말하면서도 우리 집은 맥시멀한 집이다. 물건들이 아주 가득 차 있다. 첫째 때 들어온 책이 여전히 책장에 꽂혀있다. 막내까지 살뜰히 읽히고 정리하겠다는 마음으로 10년째 가지고 있는 물건들이 많다. 버리는 물건은 없고 쌓여만 가니 집안이 답답하다. 집 안 정리는 버리는 것부터 시작하라고 하는데, 나도 이제는 슬슬 할 수 있을 것 같다. 막내가 곧 5살이다! 나도 버릴 수 있을 것 같다.(물건 하나 버리면서 참 요란을 떤다.)

　나는 언제부터 절약을 했더라?

부끄럽지만 노트 하나를 끝까지 써낸 것이 고등학교 때이다. 다이어리를 쓴답시고 매해 쓰지도 못하고 버린 것이 수두룩하다. 하하하 이런 내가 아이들에게 절약을 외치고 있다. 나의 과거를 생각하면 아이들에게 감사한 마음이 가득해진다. 너희는 엄마보다 훨씬 낫다. 둘째는 벌써 그림 일기장 한 권을 채웠으니 말이다. 첫째는 워크북을 착실히 끝내고 있다. 막내는 누나들을 보고 배운다. 이제 막 글씨를 써보는 아이들에게 글짓기를 시킨 느낌이다. 자연과 익숙해지게 노력하고 조금 더 기다려주는 느긋한 엄마가 되어야겠다.

아이들을 키우며 배우는 제일 큰 것!
'나 먼저 실천하자'가 되겠다.

7.

어떻게 나에게 찾아왔을까

우리 집은 삼남매다.

사이좋은 남매를 바라는 것은 모든 부모의 염원이듯 나 또한 우리 삼남매의 우애가 좋기를, 그리고 앞으로 더욱 깊어지기를 바라고 있다. 내가 없는 세월을 셋이서 함께 서로 돕고 살았으면 좋겠다.

나는 여동생이 한 명 있다. 편도 약 3시간 거리에 떨어져 살고 있어서 한 달에 한 번 친정에서 만나는 때를 제외하면 만나기가 힘들다. 그리고 이제야 깨닫는다. 가까이 사는 게 제일 좋은 것을 말이다. 이제 와서야 힘들어서 아쉬움이 가득하다. 생각해보면 우리는 결혼 전까지는 진짜 각자의 삶을 열심히 살았다. 나는 내 삶을 위해, 내 동생은 자신의 삶을 위해서 말이다. 가족은 가끔만 보았다. 이제는 우리 둘 다 일정한 패턴의 삶을 살고 있다. 비슷한 나이대의 자녀를 키우고 있고 그것은 굉장한 공감대를 형성한다. 그리고 깨닫는다. 가까운데 살 걸 하고 말이다. 우리의 관계에 아쉬운 점을 꼽자면 서로에게 짐이 되지 않으려 각자 살았다는 것이다. 집에서 만날 때는 잠을 자기 위해 집으로 들어올 때뿐이다. 아쉬운 가족애다. 여행을 갔다거나 무언가를 함께한 추억이 많지 않다. 서로의 소설책을 바꿔가며 읽는 소소한 추억뿐. 그래서 이제는 자매의 소중함을 알기에 조금 더 다정해지고 가끔 많은 얘기도 한다. 나이가 들면서 친해지는 듯하다.

나는 우리 자매의 아쉬운 점을 삼남매에게는 남기고 싶지 않았다. 함께하는 추억을 많이 만들어주고 싶다. 아마 미취학인 둘째와 막내는 기억이 많이 나지 않을 것 같다. 그래도 느낌은 남지 않을까 하여 함께하는 활동을 많이 한다. 삼남매의 우애를 위해서는 부모의 역할이 중요하다고 생각한다. 아직까지는. 함께 있는 시간을 늘려주고 함께하는 공간을 마련해준다. 싸움을 해결하는 방법을 가르쳐준다. 특히 몸싸움은 되도록 못 하게 한다. 몸싸움을 벌이면 우리 집에서 제일 무서운 엄마의 가르침을 받게 된다. 이렇게 하면 나중에 나 몰래 싸우게 될 것이란 것도 안다. 하지만 무서운 사람 한 명쯤은 있어야 할 것이다.

둘째는 성격이 다정다감하다. 친절하다. 그래서 언니도 사랑하고 동생도 많이 챙긴다.(제발~ 계속 이렇게 커 주길~) 아주 야무지다. 그런 둘째와 유치원 등원 길에 대화를 하였다.

둘째: "엄마, 나도 언니가 되고 싶어~"

나: "왜?"

둘째: "언니는 하고 싶은 거 다~ 하잖아! 나도 이것도 하고 싶고 저것도 하고 싶어."

나: "둘째도 지금 열심히 커지고 있어~ 나중에 다 하게 될 거야~"

둘째: "에잇! 배 속에 있을 때 양보하는 게 아니었는데. 내

가 양보를 해가지고~"

나: (헉!) "우와~ 둘째는 배 속에 있을 때가 기억나?"

둘째: "응, 원래는 내가 먼저 나오려고 했는데 언니가 먼저 나간다고 해서 양보해 줬어. 막내도 먼저 나간다고 했는데 내가 싸워서 이겼어~"

실제 있었던 일인 양 말하는 모습이 너무나 재미있다.

첫째가 되고 싶은 둘째는 사실 언니를 많이 좋아한다. 뭘 사도 항상 언니 것도 챙기고, 누가 간식을 하나 주면 '저, 언니도 있어요~'라고 말한다. 막내랑은 자기 것을 잘라서 나눠 먹는다. 어떻게 이런 착한 아이가 나에게 왔는지 감사할 뿐이다. 이대로만 자라다오!

이렇게 글로 쓰다 보니 나는 참 행복한 엄마이다. 첫째가 되고 싶은 둘째는 맏이의 마음으로 언니와 동생을 챙긴다. 첫째는 엄마 마음을 이해한다. 믿음직스럽다. 막내는 누나들을 이기고 싶어 하지만 아직 아기라 언제나 속상해한다. 하지만 금방 털고 일어나는 쿨한 아이다. 그리고 온갖 애교는 다 부린다. 아이들에게 매일 잔소리를 하며 화만 내고 산다고 생각했는데 자세히 들여다보면 이렇게 행복함이 가득하다. 남편은 스트레스 조절을 할 줄 알며 책임감이 강하다. 성격이 정말 평온하다. 나만 활화산이다.

이제는 가족이 없는 삶은 생각할 수도 없다. 그리고 나는 이렇게 사는 것이 희생이라고 생각하지도 않는다. 인생이라는 여러 갈래의 길 중 내가 선택한 길이다. 이 길에서 내가 할 수 있는 모든 것을 할 것이라고 오늘도 의지를 다진다. 어떻게 나에게 이런 멋진 사람들이 찾아왔을까? 앞으로는 더욱 착하게 살아야 하겠다. 내 주변의 모든 사람을 응원하면서 말이다.

8.

엄격하고 다정한 사랑

🍂

나는 어떤 부모가 되기를 바랐을까? 내가 원하는 부모의 모습은 어떤 모습일까?

아마도 우리 세대들은 주로 엄한 부모 밑에서 자라지 않았을까 싶다. 그래서 더욱 친구 같은 부모이면 좋지 않을까? 하는 생각을 했을 것 같다. 결혼하기 전에 아이들을 가르치는 일을 했다. 여기서도 정체성은 중요했다. 어떤 선생님이 될지를 생각해야 하는 것이다. 그냥 지식만을 가르치는 사람이 될지, 친구 같은 선생님이 될지 말이다. 역시나 그때도 학생들에게 물어봤었다. "너희는 어떤 선생님이 좋아~?" 당연히 친구 같은 선생님이라는 답변도 나왔고 재미있게 가르치는 선생님이라는 이야기도 들었다. 하지만 모두의 공감을 얻은 답변이 있었다. 그것은 바로 '옳지 않은 일에 화를 낼 줄 아는 선생님'이다. 평상시에는 친절하지만 안 된다는 것을 알려줄 때는 단호하게 알려주는 선생님 말이다. 아이들도 학교에 마냥 놀러만 가는 것이 아니고, 마냥 배우러만 가는 것은 아니다. 선생님의 삶을 보며 힌트를 얻어가지 않나 싶었다. 내가 가르쳤던 아이들은 그래도 이런 얘기를 해주었었다. 그런데 나도 엄청나게 공감을 했다. 어른으로서의 모습이 바로 그런 것이라고 생각했나 보다. 그 당시 나는 젊었고 어떤 선생의 모습이었는지는 모르겠다. 하지만 아이들의 답변을 힌트 삼아 살아가고 있다.

그때는 종종 이런 얘기도 들었다. '선생님이 우리 엄마였으면 좋겠어요~'라고 말이다. 고등학교를 앞둔 여학생들에게 종종 들었는데 그때는 아이들이 나에게서 편하다는 느낌을 받았나 보다 했다. 지금에 와서 나는 우리 아이들에게 묻고 싶다. '엄마는 너희 엄마로서 어떤 것 같니?'라고 말이다.

하지만, 이 질문은 꺼내지 않는다. 해서는 안 될 질문이고 어떤 답변도 듣고 싶지 않기 때문이다. '너희 삼남매가 나의 학생이었다면 더 다정하게 할 수 있었을 텐데'라는 아쉬움이 훨씬 많기 때문이다. 엄마라는 자리는 마냥 다정할 수만은 없는 자리이다. 오히려 다정보다는 엄격함이 조금 더 많지 않을까? 아침에 일어날 때부터 밥 먹는 순간, 잠자는 순간까지 모든 것을 함께하니 말이다. 어떻게 보면 하루 종일 잔소리를 하고 있는 엄마이다. 밖에 나가서 기본은 했으면 하는 마음에 젓가락질까지 열심히 가르치고 있다. 우리 집 아이들은 아직은 어리니깐 말이다. 하지만 해가 거듭될수록 잔소리를 줄이는 것이 나의 목표이다. 첫째가 곧 10대가 된다. 듣고 보는 것이 많아지고 집에서 있는 시간보다 밖에서 생활하는 시간이 길어진다. 이때도 어린아이를 대하듯 하면 안 되리라는 것을 안다. 아직 겪어보지 않은 내 아이의 10대는 어떤 모습일지 궁금하다. 제발 나 같은 모습은 아니길 빈다.

부모가 되는 처음부터 부모의 모습을 상상하지는 않았다. 나는 어떤 모습의 부모가 될지 이제야 상상을 해본다. 아마 내가 원했던 부모의 모습이지 않을까? 이런 말을 하면 나의 부모님이 서운해하실 수도 있겠지만, 나의 부모님은 그분들만의 사정이 있으니 이해하고 받아들인다. 나도 우리 아이들이 원하는 부모의 모습은 아닐 수 있다. 그러나 내 기준은 만들어 놓는 것이 좋을 것 같다. 그것이 내 인생의 나침반이 되기도 한다. 나의 나침반은 어른으로서의 부모가 되는 것이다. 다정하고도 엄격한 어른.

작년까지만 해도 해가 바뀔 때마다 이런 느낌이 들었다. '내 정신은 아직 학창 시절에 머물러 있는데, 몸만 나이 들어가고 있구나.' 하고 말이다. 그런데 어느 순간 바뀌었다. 나도 어른이 되어가고 있구나. 아마도 휘몰아치는 감정이 어느 정도 정리가 되어서 그런 느낌이 드는 것일 것이다. 화에 잠식되기보다는 이제는 조절할 수 있게 됐다. 엄청난 노력이 있었기에, 변하고자 하는 마음이 강했기에 조금씩 변했고, 아직 만족스럽지는 않지만 어른이 되어가는 느낌이다.

밖에서는 사회적 가면을 쓰고 살아가기에 가족이 아닌 사람들은 느끼기 어려울 것이다. 나의 변화는 내가 알아차리는 것이다. '사람은 변하지 않는다'는 말, 그 말은 자신에게는 쓰지 않았으면 좋겠다. 사람은 변할 수 있다. 내가 좋아하는 모습을 꾸준히 연습하면 될 수 있다. 요즘 시대의 노력이라는 단어의 가치가 많이 떨어졌지만 나는 이 '노력'이라는 단어에 진지하다. 노력하는 사람을 응원하고, 멋지다고 생각한다. 그리고 노력하는 사람이 잘 되기를 마음 속 깊이 기도한다. 노력을 해야 변화가 있다. 다른 사람은 몰라도 나 자신은 알 수 있다.

마냥 착하고 다정하고 친절한 엄마는 아니다. 그러고 싶지만 어렵다. 남편에게는 부탁했다. 아이들을 가끔 만나니 절대로 화내지 말라고 말이다. 아직은 아주 잘 지켜주고 있다. 남편도 굉장히 노력하는 것이 보인다. 우리 부부는 술도 먹지 않는다. 먹어봐야 맥주 한 캔을 나눠 먹는 정도다. 술을 먹지 않아도 즐겁고 사실 아직은 정신이 하나도 없긴 하다. 어린아이를 키우는 집은 엄마의 몸은 아직 회복 중이고 아빠는 책임감이 엄청나다.(우리 집이 그렇다는 얘기이다.) 아직 제 정신인지 아닌지도 모를지도 모른다. 어떤 엄마는 이런 얘기를 했었다. '아이가 초등학생이 되면 숨통이 트여~'라고 말이다. 그리고 새로운 행복에 휩싸인다고 했다. 첫째가 초등학생이 되어서 우리도 학부모가 되었다. 그 말을 조금은 알 것 같다.

어리숙했던 나도 남편도 함께 그 길을 걸어가고 있다.

그리고 치고받고 싸우는 시기도 끝이 왔다는 것을 알았다. 나의 몸은 점점 괜찮아졌고, 남편은 기다려줬다. 함께할 날이 더 많은 남편과 진정으로 한 팀이 됨을 느끼며 살고 있다. 엄격하고 다정한 사랑은 꿋꿋하게 내 옆에 있어 주는 사람이 있기에 가능하다.

어느 날, 둘째를 유치원에 데려다주며 얘기를 했다.
"둘째야~ 엄마가 사랑해~"
"응. 나도 알아."
"우와~ 우리 둘째는 그걸 어떻게 알아~?"
"그냥 알아~"

"엄마가 어제 엄청나게 혼냈는데도?"

"응. 혼내도 사랑이 느껴져."

엄격함에도 사랑이 묻어날 수 있구나. 둘째 아이의 답변
에 오늘도 마음이 울렁인다.

5장

삼남매와
성장하는
엄마의 더하기

1.

다시 자란다

세 아이의 임신과 출산의 과정은 사실 힘들었다. 나의 자궁 안에서 자라는 태아인 아이들을 볼 때면 불안감에 휩싸였다. 잘 자라고 있는 것이 맞는지, 오늘 참지 못하고 마신 커피가 아이에게 해롭지는 않을지. 이런 자잘한 걱정들이 모여 불안을 만들었다. 막달까지 지속되는 입덧은 혹시 내가 '나약한 사람'은 아니었나라는 자괴감까지 들게 했다. 아이의 건강한 출산만을 생각하며, 출산 후에는 끝이 난다는 입덧의 해방을 간절히 바랐다. 모르겠다. 모든 사람이 다 같지는 않으니…. 사실 완전한 해방은 아니었다. 예민한 후각은 임신 전의 나로 여전히 돌아가지 못하고 있다. 몸이 변해

버림을 느낀다. 그럼에도 불구하고, 변해버린 나의 사소한 것들에도 불구하고 행복하다고 하면 믿을까? 힘들지만, 지금 내 옆에서 잠들고 성장하는 아이들을 보면 더 행복해졌다는 말을 믿을까 싶다.

　나는 나를 몰랐다. 안다고 믿고 있었을 뿐이다. 4살 아이를 보며 4살이었을 나를 생각하고, 6살 아이를 보며 6살 때의 나는 어땠는지 추측한다. 9살 아이를 보면서 밑바닥의 기억까지 소환해 내게 된다. '아, 나는 나로서 살지 못했구나.' 나의 아이들을 보며 나를 알게 되었다. 이런 나를 알게 되니 마음속의 불안이 사라졌다. 별거 아니다, 정말로. 이렇게 한 문장으로 쓸 수 있는 말이지 않은가? '진짜 나를 알게 되니 불안이 사라졌다.' 딱 한 줄. 이 한 문장을 알기 위해 나는 몇 년 동안 방황을 한 것일까? 마음속의 불안은 꺼져가는 불씨처럼 사그라들었다.

　불안이 사라졌다고 걱정이 사라진 것은 아니다. '이제 나는 어떻게 살아야 하지?'가 그다음 질문으로 따라왔다. 초롱

초롱한 눈망울로 나를 바라보는 귀여운 아이들을 바라보며 두 번째 문장을 마음에 품고 살아간다. 경단녀이다 못해 도대체 나의 전문 지식은 무엇이었는지도 기억이 안 나는 지금. 해보고 싶은 것이 참으로 많아졌다. 괜찮은 사람이 되고 싶기도 했다. 머릿속으로만 생각하던 것들은 작지만 차근차근 행동으로 옮겨본다. 그리고 이렇게 성장하는 마음으로 아이들을 바라본다. 나도 아이들과 함께 자라고 있다.

아이들의 출산 직후부터 몇 년간은 나를 받아들이는 시기였다. 신생아였던 아기들은 자신의 손과 발을 유심히 쳐다본다. 자신의 발은 맞는지 손이라는 것은 어떤 것인지 깜짝깜짝 놀라 가며 눈으로 보고 맛을 보며 알아간다. 그리고는 내 것이라고 판단된 그것들(손과 발 등)을 이용해 물건을 잡고 기어다니고 일어서는 데 사용해 본다. 그것들을 받아들인 그 이후는 성인과 별반 다를 바 없다. 그것들을 이용해 세상으로 나아간다. 진짜 성장과 모험이 시작되는 것이다. 나는 이것이 인생과 많이 닮았다고 생각했다. 나는 아이를 키웠으니 아이를 매개체로 이런 생각이 들었을 것이다. 육아 말고도 인생과 닮은 것들은 많을 것으로 생각한다.

  그래서 나는 '아이와 함께 성장하는 엄마'가 되기로 하였다. 아직은 물건을 잡고 관찰하는 단계이지만 인생에 늦음이란 것은 없다는 것을 안다. 그리고 조금 늦으면 어떤가? 이제는 조급하지도 않다. 내 인생에서 조급함을 빼니 아이 인생에서도 엄마의 조급함이 사라졌다. 한글 떼기도, 영어도 할 수 있는 만큼 하면 된다. 하지만 내가 왜 한글을 떼야 하는지, 영어를 왜 해야 하는지에 대한 목적성은 열심히 설명하고 있다. 이해해도 실행은 어려운 법이다. 실행도 차근차근 함께하면 할 수 있다고 생각한다.

  나 혼자 얼른 자라고 싶은 마음에 이것저것 한꺼번에 시작하면 얼마 안 되어 대부분을 그만두게 된다. 아이는 아이대로 그 시기를 놓치게 된다. 쉬운 것이 없다. 아이도 엄마도 함께 성장을 하려면 어른인 엄마가 약간 부지런해져야 하긴 하겠더라. 그래서 또 조금 부지런해져 본다. 주부가 과로로 쓰러졌단 우스운 얘기를 만들까 봐 적당히. 그것 아는

가? 세상에 '적당히' 만큼 어려운 단어도 없다는 것을 말이다. 넘치지도 않고 모자라지도 않는 상태인 적당한 상태를 맞추기 위해 많은 노력을 쏟아야 한다. 그리고 느낀다. 예전에는 못했던 일들을 할 수 있게 되었다. 신기한 일이다.

　　나는 아이와 함께 자라고 있다. 제대로 크지 못해 다시 자라고 있다. 아마 아이는 조금 더 제대로 살아보라고 주어지는 또 한 번의 기회가 아닐까? 실제로, 회귀하거나 다시 재탄생이 불가하니 주어지는 기회 말이다. 망상에서 벗어나 진짜로 인생을 마주해보라고 주는 그런 기회. 나에게 육아는 그런 것처럼 느껴진다. 5장은 1~4장에서 경험한 것들을 바탕으로 이제 막 인생의 참뜻을 배워가는 삼남매 엄마의 성장 방법에 대한 이야기이다. 중요한 점은 자신의 상태를 마주하고 자신에 대해 아는 상태에서 나아가야 한다는 것이다. '자신만의 방법'을 찾아야 한다. 이런 말들이 누군가에게는 당연한 얘기일 수도 있겠지만. 그래도 필요하다면 이 시대를 살아가는 부모님들의 성장에 조금이라도 도움이 되었으면 좋겠다.

2.

운동! 무조건 운동

막내를 낳고 나서는 80kg의 몸이 되었다. 나는 약간 건강 체질이라 살을 잘 뺄 자신이 있었다. 그리고 삼남매를 낳고 나서는 입맛도 변해서(후각이 예민해져서) 음식도 가려 먹는 상태였다. 당연히 먹는 음식의 양은 결혼 전보다도 확연히 줄어서 살이 자연스럽게 빠지겠거니 했다. 하지만, 전혀 그렇지 않았다. 오히려 체중은 계속해서 늘어갔고 불어난 체중 때문에 여기저기 아프지 않은 곳이 없었다. 골골대는 몸을 이끌고 신생아를 키우는 삶은 하루의 끝을 눈물로 마무리하게 할 수밖에 없었다.

몸이 아파서 마음이 아픈 건지, 마음이 아파서 몸이 아픈 건지 모르겠다. 갇혀있다는 느낌으로 다크 아우라를 내뿜으며 오락가락하는 마음으로 아이들과 함께했다. 그래도 아이들은 이뻤다. 귀여움은 생존하기 위한 수단으로 갖게 됐다는 말이 정설처럼 느껴졌다. 귀여움은 생존만이 아니라 세상을 구할 것만 같았다. 사실 세상은 모르겠고 갓 엄마가 된 '나'를 구한 것은 맞다. 무기력에서 나아가 산후우울증을 겪던 나에게 힘을 준 것이 '우리 아이들'이기 때문이다.

요즘 맘카페에 나와 비슷한 사람이 글을 올리면 좋은 댓글이 달리는 것을 보지 못했다. 제대로 된 산후조리도 못했고, 몸은 아픈데 제때 병원도 가지 못했고, 마음마저 병이 든 것이 확실한데 그마저도 도움을 받지 못하는 상황. '그럴 거면 결혼을 하지 말았어야지. 아이를 낳지 말았어야지. 지금이라도 다 때려치우고 병원부터 가세요.' 이런 댓글들을 보고는 나는 차마 댓글도 달지 못하고 위로도 전하지 못했다. 왜냐하면 내 이 마음조차 표현할 수 없을 정도로 모든 것이 지친 상황이었기 때문이다.

한계에 다다른 날이 매일 이어지던 어느 날. 창문 밖으로 뛰어내리고 싶던 그날. 세 아이의 초롱초롱한 눈으로 쳐다보던 어느 날. 나는 '나만의 방법을 찾기로' 그냥 결정했다. 도움을 구하지 않기로 결정했다. 남편에게, 부모에게, 그 누구에게도 말이다. 다들 도와줄 수 없는 상황에 징징거리는 사람이 되지 않기로 했다. 그리고 읽던 책을 내려놓고 잠을 자기 시작했다. 아이들이 잘 때 함께 자고, 함께 일어났다. 술은 절대 먹지 않기로 했다. 그렇게 딱 한 달이 지난 후부터 아주 조금씩 나아지는 것이 느껴졌다. 3개월이 지나니 슬슬 운동해야겠다는 마음도 들었다. 아이들이 잠든 새벽에 5분 달리기를 시작했다. 멀리도 못 가고 집 앞에서 왔다 갔다 달리기를 했나. 우는 소리가 들리면 바로 뛰어 들어가기 위해서. 걷기로는 체력을 키울 수 없었다. 1분도 달리 수 없었던 몸이 천천히 적응을 해 간다. 5km를 달리고, 10km를 달린다.

막내가 4살이어도 나는 아직 달리기만 한다. 이렇게 좋은 운동이 없다. 간헐적 가족인 우리 집에서 나는 내 역할에 충실하면서 건강도 챙겨야 했다. 그러다 보니 마음의 병이 나았다. 몸의 아픔도 나았다. 이제야 알게 된 것인데, 살이 찐것과 몸이 부은 것은 확연히 다른 증상이었다. 온몸이 아팠던 나는 후자에 속했다. 약을 먹으며 운동을 했더라면 더 빨리 회복했을까 싶지만, 지금의 방법도 괜찮았다는 생각이든다. 잠과 운동! 이것처럼 기본이 되는 것은 없다. 아이들을 키우며 자기 계발을 하고 싶다면 몸 먼저 돌봐야 한다. 마음은 건강한지, 몸은 건강한지 스스로 체크해야 한다. 몸과 마음을 먼저 돌봐야 그다음으로 나아갈 수 있다.

나는 여전히 달린다. 5km, 10km를 달리다 보면 건강해져감을 느낀다. 몸이 가뿐해지고 시원해짐을 느낀다. 이래서요즘 달리기가 유행인지 모르겠다. 몸뿐만이 아니다. 혼자달리다 보면 찾아오는 여러 생각들. 그 생각들이 정리가 된다. 생각이 정리가 되니 마음도 편안해진다.

시간이 아까워 수면시간을 줄이고 운동도 하지 않았던 삶이었는데 무엇이 중요한지를 깨닫게 되었다. 역시나 기본을 지켜야 다음으로 나아갈 수 있는 것이다. 나에게 기본은 몸과 마음을 지키는 잠과 운동이었다. 이 두 가지가 있었기에 육아에도 힘을 낼 수 있었고, 책도 읽고 공부도 할 수 있는 것이다. 육아에 힘들어하고 있는 이웃을 만나면 반드시 이 얘기를 먼저 한다. 몸을 먼저 돌보라고 말이다. 잠을 자고, 조금씩 운동하라고 말이다. 그러다 보면 반드시 부부 싸움도 줄어들 것이다. 내 이해의 폭이 조금이나마 넓어져 가정이 더욱 화목해진다.

3.

나를 깨우는 새벽

🕊️

아이를 키우는 중 틈틈이 찾아오는 휴식은 정말 꿀맛 같은 시간을 선사한다. 아이와 보내는 시간은 행복하지만, 그 행복을 즐기기에 나는 아이와 나이 차이가 많이 났고, 그래서 아이들의 체력을 따라갈 수가 없다. 틈틈이 찾아오는 휴식이란, 바로! 아이들이 잠을 자는 시간이다. '잠자는 아이는 천사 같다.'는 말이 괜히 있는 것이 아니다. 그 천사는 나의 몸을 잠시 쉬게 해주고, 뒤엉켰던 머릿속마저 환기를 시켜준다. 괜히 볼 한 번 눌러보고 발가락을 한 번 더 만지작하고 싶은 욕망에 빠진 적도 있지만 이젠 '쉼'의 중요성을 확실히 알게 되었다.

나의 쉼은 맥주와 안주였다. 아이를 재울 때 어떻게든 졸음을 참고 버티며 나만의 저녁 시간을 확보했었다. 아이가 깊게 잠든 것을 확인하면 조용히 방문을 닫고 나와 맥주 한 캔을 땄다! 청량한 탄산이 목구멍을 넘어가면 그렇게 시원할 수가 없었다. 그렇게 드라마 한 편을 보고 나면 자정이 훌쩍 넘어버린다. 짧은 시간이었지만 행복했다. 하지만 다음날은 무지 힘들었다. 언제나 일찍 일어나는 아이들이 제일 먼저 찾는 것은 주 양육자인 '엄마'였기 때문이다. 자정이 넘어서 잤으니 억지로 일어나 커피를 들이켠다. 심할 때는 하루 열 잔 이상의 커피를 마셨다. 아이가 독립할 때까지 키워야 하는 엄마의 행동치고는 책임감이 약간 부족하게 느껴졌다. '내가 병이라도 걸리면 우리 아이들은 어쩌나.'란 생각과 '그래도 숨 쉴 구멍은 있어야 해!'라는 생각이 교차하며 하루하루를 버텨갔다.

그러다 어느 날. 잠을 자려고 아주 잠깐 눈을 감은 것 같은데 아이들이 막 깨우는 것이다. 아침이라고. 일어나라고 말이다. 너무 피곤하고 화가 났다. "엄마, 졸려!" 하고 소리를 치고는 다시 누웠다. 깨지 않은 잠이었는데 다시 잠이 들지도 않았다. 애들이 배가 고프다고 찡찡대고 놀자고 매달렸다. 애들한테 화는 화대로 내고 아침은 조미김과 밥을 주었다. 조미김에 밥을 올리고 돌돌 마는데 눈물이 주르륵 흘렀다. 졸린다고 화를 내는 모습이 어른 같지 않았다. 멍청하고 비루하게 느껴졌다. 앞으로 이런 모습은 절대 보이고 싶지 않았다. 그래서 찾은 것이 애들보다 무조건 일찍 일어나는 것이었다.

아침 6시. 이 시간에 일어나면 얼추 애들보다 약간 일찍 일어날 수 있었다. 그래도 애들보다 약간 일찍 일어나니 아침밥 준비는 미리 할 수 있었다. 아침 식사 준비가 끝나면 아이들이 일어났고 기분 좋은 아침을 맞이할 수 있었다. 그런데 내 맥주 타임이 사라졌다. 나만의 힐링 시간이었는데 아주 아쉬웠다. 맥주는 좋았지만, 점점 아파지는 내 몸이 걱정되어 그냥 끊어버리기로 했다. 이렇게 맥주는 끊은 지 6년 정도 된 것 같다. 이렇게 6시에 적응을 해 나가면서 독서를 조금씩 더 하게 되었다. 애들이 일어나기 전 10분, 새로운 꿀맛을 알아버렸다.

  새벽 4시 30분. 욕심이 늘어 새벽 기상 시간이 점점 빨라
졌다. 어떨 때는 집 앞에서 산책을 했고, 주로 독서를 했다.
가끔 웹툰에 빠져 새벽마다 웹툰을 보기도 했다. 그래도 책
을 놓지는 않았다. 고요한 새벽에 읽는 책은 자근자근한 대
화를 연상하게끔 했다. 혼자이지만 혼자가 아닌 느낌. 그 새
벽에 온몸으로 응원을 받는 느낌으로 하루를 시작하게 되었
다. 20대에는 새벽 4시에 일어나면 하루가 비몽사몽으로 정
신줄 놓은 하루를 보냈는데 30대의 새벽 기상은 달랐다. 소
중한 나만의 시간을 알고 난 이후로는 거의 날마다 미라클
모닝을 하는 사람으로 변해 버렸다. 그 대신 저녁에는 아이
들과 함께 일찍 잠을 자버린다. 졸음을 참아가며 피곤에 절
어 만끽하던 자유보다 개운하게 일어나 독서를 하는 새벽
에 매료되었다. 그러다 가끔 새벽 1시에도 일어나고 3시에
도 눈이 뜬다. 이렇게 일찍 깨는 날도 방황하지 않게 되었
다. 그냥 응원을 받는 시간이 늘어났다는 생각에 새벽 루틴
을 시작하게 된다. 그러다 보면 원래의 생체리듬으로 다시

돌아왔다. 꿀잠을 자게 되었다.

　새벽에 일어나는 사람들은 뭔가를 이뤄낸다는 얘기를 들었다. 나는 주로 독서를 했는데, 어느 순간부터는 글쓰기를 하고 있었다. 너무 어려웠다. 책은 즐겁게 읽을 수 있다. 공감이 가는 이야기들에 무수히 고개를 끄덕여가고 눈물도 흘리고 실소를 터뜨리며 즐길 수 있다. 하지만 글쓰기는 달랐다. 내 마음을 글로 표현해야 하는데 표현이 되지 않았다. 그때 무슨 마음이었는지 모르겠는데 책을 내고 싶다고 생각을 하게 되었다. 글도 못 쓰면서 책이라니. 그래도 새벽이 있으니 가능할 것 같았다. 이렇게 책 쓰기도 시작을 하게 되었다. 주부로서 아이들과 집안을 돌보는 일만이 내가 할 수 있는 일이었는데, 나 자신만을 위한 일도 하게 되었다. 아이들이 아직 어리다는 이유로 집에 있으면서 사실 마음이 많이 위축되어 있었는데 점점 자신감을 찾아가게 되었다. 그런데 이 자신감이 전혀 다른 부류의 자신감으로 느껴진다. 이전에 있던 자신감은 약간의 허황된 자신감이지만, 지금의 자신감은 안정된 느낌의 자신감이다.

육아를 하며 새벽의 소중함을 알게 되었다. 새벽의 고요한 즐거움을 알게 되었다. 맥주의 시원한 청량함은 저리 가라 할 만큼의 매력적인 힐링 포인트이다. 고요한 새벽은 즐거운 하루를 만들 수 있다. 나만 즐거운 것이 아니라 우리 가족 모두가 즐거워진다. 건강도 덤으로 찾아온다. 어찌 새벽을 즐기지 않을 수 있으랴.

4.

모임 그리고 또 모임

🕊

    나는 내향인이다. 아주 분명하다. 어떤 모임이든 오래 있는 것이 불편하고 불안하다. 그래서 꼭 집에서 혼자 있는 시간이 필요했다. 그래야 에너지가 충전되어 다음 날 사회생활을 할 수 있었다. 아이를 낳고는 보통 50일 정도는 집안에 꼼짝하지 않고 박혀있었다. 좀이 쑤신다. 바깥바람이 쐬고 싶다. 아주 잠시 쓰레기를 버리러 후다닥 다녀온다. 아이가 잠든 후 또 아주 잠시 마트에 후다닥 다녀온다. 그것으로도 부족하다. 산책하러 가고 놀이터를 간다. 이즈음 만나는 어른 사람은 아기 엄마들이다. 내향인인데 사람이 고프다. 그래서 놀이터에서 만나는 아기 엄마들을 볼 때마다 "아기는 몇 개월이에요?"를 시작으로 대화를 튼다. 나한테도 이런 재주가 있었다.

그러다가 점점 카페에서 만나 커피를 마시기도 하고 근처 공원을 함께 가기도 했다. 나는 보통 아이 곁에 붙어 다니는 편이다. 자리에 앉아 있어도 내 눈에 아이가 보여야 안심이 되었다. 어린아이를 탁자에 붙잡아두고 영상을 틀어주는 건 싫어했다. 나도 영상을 오래 보면 머리가 멍하니 바보가 된 느낌인데 아이들은 더 심하지 않겠느냔 생각이 강했다. 이러다 보니 오랜 만남을 가지기는 힘들었다. 이사도 다니느라 한동안 만남 자체가 없었다. 사람을 만나지 않으니 또 마음이 답답해진다. 하지만 오프라인 모임은 꿈도 꾸지 못했다. 온라인 모임으로 근근이 대화를 나누게 된다. 온라인 모임은 보통 목적을 가진 모임이다. '엄마표 놀이', '그림책 육아', '엄마표 영어', 과학, 수학, 숲 놀이, 발도르프 등등 모임은 수도 없이 많다. 코로나 시기에는 이 온라인 모임에 빠져서 온갖 '엄마표'를 하였다. 비슷한 목적과 고충으로 똘똘 뭉칠 수 있는 그런 모임이었다. 그리고 이 사람들이 내 이웃이 아니라는 점을 못내 아쉬워하며 근근이 온라인 모임을 이어 나갔다. 그리고 어느 순간이 오면 모임은 흐지부지된다. 정말 아쉬웠다.

첫째가 6살쯤, 아이의 초등학교를 생각하며 아예 정착하였다. 시댁 근처에 살며 간헐적 가족의 부족한 부분을 어머님께서 채워주시고 있다. 모임에 대한 욕구에 여전히 눈에 불을 켜고 나와 맞는 모임을 찾는다. 독서 모임에 한 번 들어가 보고 싶었다. 한 6개월 정도 찾다 보니 시간대가 나와 맞는 모임을 찾게 되었다. 아침 6시 30분 시작, 온라인과 오프라인을 병행하는 모임! 이 정도면 나도 참여할 수 있을 것 같아서 바로 신청 했다. 이때부터 나의 자기 계발이 본격으로 시작되었다. 새벽 6시 정도 되면 사람들이 책 한 권씩을 들고 모이기 시작한다. 이 독서 모임 덕분에 아이를 키우면서도 마음 맞는 사람들과의 즐거운 대화를 할 수 있었다. 글쓰기를 넘어 버킷리스트를 함께 달성해 나가기도 한다. 경단녀이며 내향인이었던 나는 점점 사람 만나기를 좋아했던 모습을 되찾아 가고 있었다.

그러다 보면 모임이 너무 과하게 많을 때도 있다. 육아 모임, 독서 모임, 글쓰기 모임, 영어 공부 모임, 그림책 모임, SNS 배우는 모임, 어린이 영어 공부 모임, 독서지도 모임 등 셀 수 없는 모임에 허덕일 때도 있었다. 욕심이 과했다. 많은 것들을 한 번에 할 수 없으니, 또 하나씩 정리를 한다. 하나씩 정리를 할 때는 마음이 너무나 괴롭다. 사람들과의 만남은 소중한 것을 알기에 정리라는 단어조차 미안하다.(그들은 신경을 쓰지 않을지라도) 이렇게 이 모임, 저 모임을 들어갔다 나갔다 하는 과정을 거치며 오랜 시간을 지나온 덕에 주부를 하면서도 자기 계발을 하고 나 자신의 소중함을 깨달아 가고 있다. 관심사가 비슷한 사람들과 진지한 대화를 진솔하게 나누고 나면 마음이 든든해진다. 나도 뭔가를 해 낼 수 있을 것만 같은 느낌이 든다. 그리고 진짜 하고 싶은 일에 대해서 생각하고 그것을 향해 나아간다. 고등학교 다닐 때, 진로를 정할 때 이런 식으로 나를 더욱 소중히 했다면 좋았을 터라는 아쉬움을 가지며 내 아이들에게는 부모로서 어떤 도움을 줄지 방향을 배워 나간다. 역시나 나에게는 아이가 목적이고 모임은 수단인 듯하다. 아이들 덕분에 어쩌다 나도 함께 자라고 있다.

나는 많은 모임 중에서도 독서 모임에 들어갈 것을 추천한다. 어떤 독서 모임이라도 좋다. 마음이 이끌리는 곳으로 가서 추천 책을 함께 읽기 시작해 보자. 마음의 병은 치유되고, 성장할 것이다. 그리고 그 성장을 깨닫는 순간 인생에 확신이 생긴다. 독서를 통한 나와의 대화는 사람들과의 대화를 통해 표면으로 드러난다. 그리고 정리가 된다. 나는 이것들을 육아와 독서와 모임을 통해 알게 되었다. 오랜 시간을 고민했던 마음의 응어리도 어느 순간 스르륵 없어졌다. 그리고 그 자리에는 확신이라는 자신감이 싹이 트기 시작한다. 현재 마음의 병을 앓고 있는 사람도 많고 살기 힘든 세상이라고 외치는 이 사회에서 나는 그분들에게 독서를 하라고 얘기하고 싶다. 그리고 실제로도 여러 사람들에게 '같이 읽어요~'라고 얘기하고 다닌다. 아직은 '책 읽을 시간이 어딨냐?', '먹고 사느라 바쁘다.'는 답변을 더욱 많이 듣지만 말이다.

나는 현대를 살아가고 있지만 마음의 병이 있었다. 그렇다고 병원에 가서 진료를 받고 처방을 받은 것은 아니다. 그냥 나 자신은 알고 있다. 그리고 또 알고 있다. 주변의 많은 사람들도 다르지 않다는 것을 말이다. 이럴 때는 고요하고 차분함을 가져 볼 필요가 있다. 처음에는 그 혼자라는 외로움이 익숙지 않아서 금방 그만둘 수 있다. 혼자가 힘드니 책을 드는 것이다. 책 속의 저자와 함께 조용히 대화를 나누어 보자. 그리고 독서 모임에 가서 그 느낌을 함께 하는 것이다. 분명 조금씩 정리가 되고 치유가 되는 과정을 느낄 수 있을 것이다.

혼자이면서 함께 살아가는 사회이다.

5.

내가 좋아하는 곳

첫째 아이를 낳고는 아이 앞에서는 자극적인 음식을 먹지 않았다. 하루는 햄버거랑 콜라가 너무 먹고 싶었다. 하지만 아이에게 콜라를 접하게 하고 싶지 않았다. 햄버거 세트는 배달이 되었고 먹는 일만 남았다. 배달된 햄버거를 조심스레 주방에다 놓고 아이에게는 뽀로로를 틀어주었다. "첫째야, 잠깐만 혼자 보고 있어. 엄마 주방에 다녀올게~" 주방에 쪼그리고 앉아서 몰래 먹는데 너~무 맛있었다. 몰래 먹는 게 왜 더 맛있고 재밌는지 모르겠지만 몰래 먹는 재미가 있었다. 한동안은 그 재미에 빠져서 초콜릿 쿠키도 먹고 아이스크림도 먹고는 했다. 처음 키우는 아이라 음식에 신경을 많

이 썼었다. 지금 우리 막내를 보면… 아이스크림, 콜라, 사이
다 안 먹는 것이 없다. 애들이 먹지 않는 것은 채소뿐.

　그렇게 나는 나만의 첫 장소에서 즐거움을 맛봤다. 그다
음 나의 장소는 식탁이었다. 식탁에 앉아서 애들 놀아줄 준
비도 하고 책도 읽고 노트북을 쓴다. 하지만 식사 때마다 치
워야 하는 번거로움 때문에 그때부터 나만의 책상을 꼭 갖
고 싶었다. 노트북을 쓰고 치우지 않아도 되는 자리 말이다.
생각해 보면 아빠의 서재는 들어봤지만, 엄마의 서재는 들
어보지 못했다. 내가 보고 자란 TV에서도 아빠의 서재는 있
었지만, 엄마의 서재는 없었다. 아이들의 방은 있지만 엄마
의 방은 없었다. 이상하게 느껴지진 않았다. 학창 시절에도
우리 집은 학교와 멀어서 친구네 집에 놀러 간 적이 거의 없
었다. 하루에 다섯 번 운행되는 마을버스를 타야 했기에 학
교에 남아서 친구와 노는 일이 없었다. 어릴 적 꿈은 학교
근처에 사는 것이었다. 친구들과 놀고 싶고, 버스를 타기 위
해 일찍 일어나고 싶지 않았다. 나는 학교를 좋아했었다. 학
교에 있는 내 자리도 좋아했었다. 그런데 우리 집에서 내 자

리는 없었다. 물론 내 자리만 없는 것이 아니라 남편의 자리도 없었다. 남편은 출장지에서 숙박을 하니 남편의 서재는 필요 없었다. 그리고 남편은 책을 읽지 않는다. 컴퓨터방을 만들고 싶다고 한다.

뭐, 어쨌든. 꽤 고민한 끝에 올해 책상 방을 만들기로 했다. 첫째의 책상만 있던 방에 둘째의 책상과 내 책상을 놓았다. 막내 책상은 나중에 놓기로 했다. 결국 막내와 나는 함께 쓰는 셈이다. 그래도 좋았다. 노트북을 쓰다가 치우지 않아도 되니 말이다. 드디어 내 자리가 생겼다. 이것이 이렇게 행복할 수가 없다. 책을 들고 이리저리 옮겨 다니는 유목민 생활을 하지 않아도 된다. 내 서재는 없지만 내 책상은 만들었다. 이쯤 되면 남편의 공간이 없다고 궁금해할 것 같다. 잦은 출장으로 집에 거의 없는 남편이지만 남편을 위한 보드 게임방도 만들었다. 이 보드 게임방은 나중에 컴퓨터와 다른 장비들을 들여놓을지도 모르겠다.

우리는 집에서 무리 지어 살고 있지만 각각의 개인 영역이 있어야 한다고 생각한다. 내 공간, 남편의 공간, 아이의 공간. 혼자서 쉬며 되돌아보는 공간이 필요하다. 물론 각각의 방이 있으면 좋겠지만, 아직 그 정도는 아니다. 사춘기쯤되면 알아서 혼자 자고, 혼자 할 테니 그전까지는 잠도 함께 자고 부대끼며 살기로 한다. 사실 잠들기 직전까지 수다를 떨며 잠드는 기분도 좋고, 거실에서 모두 함께 있는 것도 좋다. 지금은 책상만으로 개인 영역을 정한다. 지금은 이게 딱 좋다.

그럼 나는 나만의 책상에서 무엇을 하는가? 제일 중요하다. 엄마가 된 나는 이제 꿈을 찾아가고 있다. 그동안 알지 못했던 나에 대해서 생각을 해보고 알아간다. 내가 좋아하는 것은 무엇인지, 싫어하는 것은 무엇인지 생각해 본 적이 있는가? 싫어도 해야 하고 좋아도 양보해 가며 살지 않았는가? 나는 내 책상에 앉아 정말 나다운 삶은 무엇인가를 고민하며 하루를 시작한다. 식탁에서 이런 일을 시작하면 아이들이 금방 깬다. 집중할 수가 없다. 이 책상이 있으므로 미라클 모닝이 가능해졌고, 나다움을 찾아갈 수 있었다. 나의 모든 것은 책상에서 시작한다. 그리고 내가 커지는 만큼 책상만 가지고 있던 영역을 더 넓혀보려고 한다. 내 방을 갖고 싶다.

가계부도 쓰고 다이어리도 쓴다. 하루의 시작은 감사 일기를 작성하는 것으로 시작한다. 감사의 마음으로 하루를 시작하니 감사한 일이 더욱 많이 생긴다. 가계부는 내가 남편에게 보내는 러브 레터다. 열심히 쓰고 있는데 사실 남편은 잘 보지 않는다. 다이어리는 내 가족과 미래에 대한 사랑 이야기가 가득하다. 돈을 쓴 기록을 보면 그날 우리가 무엇을 했는지 알 수 있다. 10년의 기간 중 8년의 가계부를 가지고 있다. 지금은 가계부와 다이어리를 합친 가계부 다이어리를 만들어서 쓰고 있다. 계속 업그레이드되는 가계부 다이어리처럼 나의 인생도 우리 가족의 인생도 나아가고 있다.

책상 하나 생겼을 뿐인데 사람이 이렇게 달라졌다. 화만 내던 여자가 미래지향 긍정 마인드의 여자로 바뀌었다. 그래서 자기 영역이 중요한 것이다. 내 정신과 마음이 쉴 수 있는 곳. 지금 당장 어디에 어떻게 만들지 구상해 보는 것도 좋을 것이다. 바로 만들 수 없는 상황이라도 언젠가 기회는 온다. 그리고 내 자리를 만들 수 있는 상황이라면 바로 실행에 옮기시길 바라는 바이다. 바로 그곳에서 여러분의 꿈이 앞으로 나갈 준비를 할 것이다.

6.

나는 우리 가정의 책임자

아, 귀찮다. 부담스럽다.

결혼하며 남편과 나는 서로의 돈을 모두 합쳤다. 아마 서로 돈이 없었기에 가능했던 것 같다. 없는 살림에 아파트 대출금이 결혼하며 생겼으니 어떻게든 힘을 모아야 했다. 남편은 나보고 집안의 경제권을 가지라고 했다.(나를 뭘로 보고? 어찌 믿고?) 지금 생각해도 참 어려운 일이다. 우리 남편은 나를 어떻게 이렇게 믿을 수 있을까? '어떻게 용돈만 받고서 사회생활을 한다는 것일까?' 했지만 아이들을 키우며 돈을 모으려면 경제력을 합쳐야 했다. 나는 일도 그만뒀고 입덧도 심한데 우리 집의 부담스런 재정 부분을 맡아버렸다. 그날부터 남편은 매달 월급을 나에게로 보낸다. 고맙기도 하고 대단하기도 하다. '우린 더 이상 이혼은 할 수 없겠구나.' 하는 생각도 들었다.

남편의 월급을 받은 나는, 내 돈 같지 않은 돈에 부담이 컸었다. 그래서 미혼일 때도 쓰지 않았던 가계부를 쓰기 시작했다. 서점에서 빨갛고 이쁜 가계부를 샀다. 조금 두껍지만, 굉장히 알찬 구성이었다. 식비를 외식, 식재료, 기타 간식으로 분류를 해서 한 달 합계를 내고 이런 식으로 반복하면 1년 동안 외식을 얼마나 했는지, 생활비로 얼마를 썼는지, 문화생활을 얼마나 했는지 알 수 있었다. 서점에서 처음 고른 가계부가 제대로 나와 맞는 가계부였다. 이 가계부를 2년 정도 썼는데 참 좋았다. 그런데 너무나 두꺼워서 자리를 많이 차지했다. 그래서 농협에서 연말에 나눠주는 가계부를 쓰기 시작했다. 얇고 알찼다. 나는 이미 한 달 합계를 낼 수 있는 표와 1년 치를 한 번에 볼 수 있는 표를 만들어서 통계를 내고 있었기에 농협 가계부에 기록하는 용도는 정말 알차게 쓸 수 있었다.

하지만 세월은 변한다. 아날로그형 인간은 점점 사라지고, 다들 스마트한 인간으로 변화하고 있다. 12월에 찾아간 농협에서 더 이상 가계부를 찾을 수가 없었다. '더 이상 가계부를 찾는 사람이 없어서 저희 지점엔 가계부가 없어요.'라는 답변을 받았다. 다른 지점도 다 비슷한 상황이었다. 이제는 가계부도 스마트폰 앱에 적거나 엑셀에 정리하나 보다. 이런 시대에 나는 아직 손으로 하는 기록을 좋아하는 아날로그형 인간이다. 농협 가계부도 이젠 구하기가 어려워졌다. 별 수 있나 만들어야지. A4 용지에 1년 치를 기록할 가계부를 만들어 바인더에 묶었다. 가계부를 쓰다 보니 우리의 1년이 보였다. 추억도 보였다. 학창 시절에 유행하던 다이어리 쓰는 것처럼 재미있었다.

이후엔 가계부와 다이어리를 합친 가계부 다이어리를 만들어서 쓰고 있다. 매우 많은 내용이 들어간다. 아이들의 스케줄, 나의 일정, 짤막한 기록까지. 시간이 지날수록 나도 성장하고 있다는 것을 느낀다. 남편이 맡긴 월급은 여전히 합계를 내어 월별, 연별로 정리를 한다. 그리고 남편과 공유

한다. 마이너스인 달이 더 많지만, 그것도 점차 나아진다. 하루아침에 성장하는 일은 없으니깐 말이다. 이렇게 9년 정도 지나고 돌아보니 대출금도 많이 갚았고 월급도 많이 올랐다. 아이들은 아직 어리지만, 이 정도면 괜찮은 삶이 아닌가? 싶은 삶을 산다. 남편도 나도 크게 욕심이 흘러넘치지는 않으니깐 말이다. 차분히 인생을 살아가고 있다.

그러다 보니 남편은 돈을 버는 데 집중을 하고 나는 집안의 대소사와 아이들의 보살핌에 집중한다. 물론 우리의 노후도 내가 준비해야 한다. 계속 생각한다. 그러다 찾은 것은 공부밖에 없었다. 독서하고 메모를 하고 기사를 훑는다. 가진 돈이 적으니 신중해야 한다. 사기당하기 딱 좋은 얼굴을 가져서 더 조심해야 한다. 나는 이렇게 우리 집의 대표가 되어간다. 우리 가정의 책임자, 흡사 CEO 느낌이다. 실질적으로 버는 돈은 하나도 없으면서 온갖 것들을 다하고 있다.

사실, 아직도 부담스럽다. 나도 나가서 돈 벌고 싶은 마음이 훅훅! 올라올 때가 더 많다. 가계부 따위 남편에게 넘기고 일을 하고 싶을 때가 많다. 하지만 우리 집은 아직은 그런 시기가 아니다. 누군가 한 명은 집 안을 오롯이 담당해줘야 안정적으로 돌아가는 집이다. 내가 그 역할을 맡기로 했으면서 지금도 투덜대고 있다. 책임자 자리는 어렵고도 어렵다. 책임감이란 것이 양 어깨를 내려 누른다. 밖에서 경제활동을 하는 남편의 책임감은 어떨지 생각하면 숨이 막힌다.

어느 날, 남편이 몸이 아프다고 했다. 평상시에 조금 아픈 건 별말도 없었던 터라 덜컥 걱정되었다. 마침, 건강검진을 했는데 뭔가가 좋지 않았다. 스트레스 정도가 아주 높게 나왔다. 그래서 휴직을 할지 퇴사를 할지 고민이라고 했다. 나는 그 길로 상가를 알아보고 체인점 상담을 받으러 갔다. 남편이 놀랐나보다. 이렇게까지 적극적으로 회사를 그만두라고 하니 말이다. 나는 그 책임감을 함께하고 싶어서 바로 행동으로 옮긴 것인데, 남편은 몸이 괜찮아지고는 다시 회사로 나갔다. 그리고 벌써 3년이라는 시간이 지나고 있다. 가끔 쉬고 싶다는 얘기는 하는데 회사를 그만둔다는 얘기는 하지 않는다. 왜? 나랑 알콩달콩 지지고 볶으며 자영업 하자는데 말이다. 가정의 공동 책임자가 되자는데 자꾸 나보고 책임자를 하라고 한다. 어렵다 어려워.

결론은 가정의 책임자는 성장할 수밖에 없다는 것이다. 모르면 물어보고 상담도 받고 기록도 하면서 말이다.

7.

주부가 할 수 있는 일을 찾아서

🍃

지금의 나는 전업 주부인데 집안일을 참 못한다. 현재는 집안이 아주 꽉꽉 차 있는 상태이다. 눈을 돌릴 때마다 한숨이 나온다. '이 장난감은 한 달 뒤에 처분하자.', '이 시리즈의 책은 1년 뒤에 정리하자.' 이런 식이다. 버리지 않으면 사지 말자고 다짐해도 어디선가 물건들은 하염없이 집으로 쏟아져 들어오는 느낌이다. 거실 바닥만은 살리자는 느낌으로 거실만 정리한다. 그나마 숨통이 트인다. 시어머님의 미니멀라이프가 정말 부러울 정도이다.

사실 나는 전업 주부를 할 마음이 전혀 없었다. 육아에 대한 이해가 부족했던 미혼에는 당연히 일하는 것이 즐겁고 그 일을 발전시켜 나가는 성장형인 사람이었다. 아이를 낳고는 책임에 대해 깊은 고민에 빠졌다. 고민하며 지내다 보니 6년이 흘렀다. 고민을 마친 후엔 전공 서적을 다 버려버렸다. 조금의 미련이라도 버리고 싶었다. 그리고 새로운 일을 찾기로 마음먹었다. 아이를 키우며 할 수 있는 일을 찾기 시작했다. 아이를 조금이라도 더 키우고 경제적인 일을 하기로 하였다. 돈을 벌지 못한다는 이 마음 하나로도 자존감이 떨어졌었다. 처음 해보는 주부 역할은 나를 의기소침하게 만들었다. 사실 재미도 없었다.

그러다 어느 순간 떠올랐다. 예전에 한국사 자격증이 필요해서 공부할 때였다. 최태성 선생님의 강의를 듣던 중이었는데 뇌리에 박히던 그 말이 떠올랐다. '자신의 위치에서 최선을 다하고 있는 여러분이 애국자입니다. 꼭 국위선양을 한다거나 희생을 하지 않아도 됩니다. 현재 자신의 위치에서 최선을 다 하는 여러분이 나라의 보배이고 소중한 국민입니다. 주부이든 학생이든 자신감을 가지세요. 그리고 그 위치에서 최선을 다하세요.'라는 말을 듣고 그날 하루는 애국자가 되기 위해 얼마나 애를 썼는지 모르겠다. 한동안 잊고 있었다. 무기력한 감정에 휩싸여 아무 생각 없이 지내던 날이었다. 나는 나의 위치에서 최선을 다하고 있나? 되돌아보게 만드는 질문이었다.

그 말을 다시 떠올린 후, 마음의 힘이 다시 돋아나기 시작했다. 천천히 내가 할 수 있는 일을 찾기로 했다. 주부의 역할은 가정을 돌보는 것이다. 아이들을 돌보고 집을 살핀다. 아이들의 교육을 돕고 집 안의 구석구석에 나의 손길을 갖다 댄다. 한 번에 많은 것을 하면 지치는 것을 알기에 조금씩 한다. 그렇게 하다 보니 작년보다는 나아졌다는 느낌이 든다. 물론 정리하는 나만 느낀다.

그런데 문제는 요리다. 요리는 나를 미치게 만든다. 나는 내가 요리를 못 한다고 생각한 적이 없었다. 내가 먹고 싶은 것은 만들어 먹으면 됐었고, 레시피를 보고 만들면 되니깐 말이다. 첫째 이유식을 만들 때까지도 너무 재미있었다. 하지만 아이의 편식이 시작된 이후로는 나의 요리에 대해 돌아보다가 그만두게 되었다. 그냥 아이들이 먹는 것만 해 주게 되었다. 남편은 원래 편식쟁이라 포기 상태였다. 그러다 보니 식재료를 사는 것도 많은 비용이 들지 않으니 좋다는 느낌이 들기도 했다. 하지만 한정된 반찬만을 먹다 보니 아이들이 편식의 끝을 달리게 되었다. 그래서 다시 요리해 보려고 계획 중이다. 지금은 벌여놓은 일이 많아 시간적인 여유가 없기도 하다. 그래서 지금은 아이들에게 예고편만 날리고 있다. '너희가 한 살 더 먹는 내년부터는 채소 반찬이 많아질 거야. 마음의 준비를 하거라~' 하고 말이다. 아이들은 말로는 자신 있다고 소리치지만 알고 있다. 이젠 편식을 넘어 투정으로 넘어갈 것을 말이다. 아무튼 나도 아이들도 준비를 하고 있다. 이럴 땐 출장을 간 남편이 고마울 때도 있다. 남편까지 옆에서 투정을 함께 한다면 또다시 요리를 그만둘지도 모르겠다.

집안일은 뭐 그렇다고 치자. 이것들은 가족을 위한 일이다. 내가 얻게 된 책임을 수행하는 과정이다. 그런데 이 과정에는 '나 자신'에 대한 일이 부족하다. 아직은 그렇게 느낀다. 나만을 위해 정리도 하고 요리도 하겠지만 사실 나는 돈이 벌고 싶다. 노후를 위해 준비도 하고 이쁜 옷도 입고 싶고 마음껏 취미 생활도 하고 싶다. 필연적으로 돈이 필요하단 생각이 끊임없이 차오른다. 온라인으로 아무리 열심히 찾아봐도 내가 할 수 있는 일이 없었다. 그렇게 고민하며 책을 읽고 글을 쓰며 하루하루가 지난다. 그러다 보니 가정을 책임진다는 것의 무게와 중요성에 대해 더욱 절실히 느끼게 된다.

그래서 앞으로도 계속 책을 읽고 글을 쓰며 지내기로 했다. 운동을 하고 무언가를 배우기로 결심했다. 가계부를 더욱 철저히 쓰고 잘되지 않아도 포기하지 않기로 마음을 먹게 된다. 마음을 먹는다고 하루아침에 되는 것은 아니다. 그래도 마음가짐이 달라졌다. 오늘 하루 지키지 못했다고 해서 포기하지 않는다. 내일 하면 된다 이 말이다. 이렇게 하면 1년 가계부 다이어리를 채울 수 있다. 365일 감사 일기를 작성하게 되는 날도 온다. 의지력은 더욱 탄탄해지고 뭐든 포기하지 않게 되는 날이 다가오고 있다는 확신도 생기게 된다.

　고민하고 방황하고 적응을 못 하던 주부도 방법을 찾고 나서게 된다. 짧지 않은 시간이었지만 인생의 큰 배움이었다는 생각이 든다. 사람은 힘든 과정을 통해 더욱 발전을 하게 되는 것이다. 한 가지 길만 존재하는 것이 아니다. 다른 사람의 길을 쫓다 보면 나만의 길을 걷기도 하는 것이다. 이런 사람도 있고 저런 인생도 있다. 나만의 글을 찾은 주부는 하루가 꽉 찬 하루를 보낸다. 내가 할 수 있다는 일이 있다는 것은 참으로 감사한 일이다. 아직 찾지 못했더라고 포기하지 말자. 분명히 할 수 있는 일이 있다. 아직 가치를 찾지 못했을 뿐이다.

　어쩌면 주부는 제일 행복한 위치라는 생각이 들기 시작했다. 아이들이 크는 모습을 직관할 수 있다. 배우며 같이 클 수 있다. 자신을 돌아볼 수 있다. 다시 시작할 수 있다.

8.

사랑하고 사랑하고 사랑하기

　중학교 때부터 친했던 친구가 있다. 많은 시간이 흘렀지만 우리는 그래도 가끔 연락을 하고 또 가끔 만나곤 한다. 결혼하기 전에도 그랬고 결혼을 한 이후에도 우리는 그런다. 더군다나 이제는 같은 지역에 산다! 관심사도 달라졌고 사는 형태도 우리는 많이 달라졌다. 나는 친구를 만나면 힘들었던 얘기나 투정을 부리지 않는다. 웬만하면 좋은 얘기만 하고 싶고 힘든 모습은 말하고 싶지 않았다. 이건 그 누구를 만나도 지켰던 나만의 철칙이었다. 그러다 힘든 일을 겪었고, 정말 함께할 사람이 없었다. 친구가 '너는 진짜 힘든 일이 없나 봐~'라는 말이 시발점이 되어 나의 '힘듦'을 토로

하기 시작했다. 출산하고 시댁에 들어가 있던 때였다. 내가 생각했을 땐 나름 수위를 조절하면서 토로했던 것 같다. 투정을 부리면서 마지막엔 언제나 '이런 게 인생인가 봐, 너무 쉽게 생각했네.'라는 말로 포장도 했다. 물론 진짜 깨달음이 더 많긴 했지만, 그것들을 다 말하지는 않았다. 하지만 나의 이런 투정이 친구에게는 크게 다가왔다보다. 평생 불평, 불만 없던 애가 시댁에 들어가서 '힘든 얘기'를 쏟아냈으니 말이다. 다시 한번 생각하지만 정말 미안한 일이다. 친구는 현재 결혼을 하지 않았고 자유로운 삶을 살고 있다. 친구의 부모님도 아는 턱에 더욱더 미안하다. 나의 투정이 친구의 삶에 한몫한 것 같아서 말이다. 내가 이렇게 말하는 이유는 힘들이도 어쨌든 농축된 진한 행복을 만날 수 있으니 말이다.

평생 가족으로서 살았고 지금도 새로운 가족을 이루어 살고 있다. 사랑으로 시작했고 여전히 사랑하고 있다. 마음의 여유는 아직은 조금 모자라지만 그래도 괜찮다고 생각하고 나아가면 된다고 생각하고 있다. 나이가 들어간다고 해서 멈출 생각은 아직 없다. 한번 사는 인생! 힘들어도 보고, 좌

절도 해보고, 깨달음도 얻어보고 다 해보자 싶다. 물론 힘듦은 최대한 적게 느끼고 싶기도 하다. 하하하. 점점 에너지가 부족해지는 것을 몸과 마음으로 느끼고 있으니깐 말이다.

가족이란 가장 가까운 곳에서 힘듦을 함께하는 사람들이다. 즐거움은 나누기가 쉬우니 생략하겠다. 힘듦은 나로서는 나누기 가장 힘든 감정 중 하나이다. 괜한 투정처럼 보이고 내 힘듦을 그 누구에게도 넘겨주고 싶지 않았다. 그것이 나를 고립시키더라고 말이다. 그런데 정말 고립이 되어보고 나니 한 명쯤에게는 토로해 보고 싶었다. 이 관계가 괜찮아질지 모르지만 말이다. 새로운 시도였지만 안 하던 사람이 그런 짓을 한다면 그 효과는 정말이지 컸던 것 같다. 나도 현재 배워가는 중이다.

나는 나의 남편과 자녀들의 힘듦을 받아들일 준비가 되었을까? 아직은 잘 모르겠다. 우리 남편은 회사의 출장으로 간헐적으로 만나고 있고 힘듦을 표시하지 않는다. 대한민국의 가장들이었던 아버지들의 모습을 그대로 빼닮아 회사 이야기는 잘 하지 않는다. 힘듦을 숨기고 싶어 한다. 나와 남편은 닮았다. 그래서 남편에게는 웬만하면 솔직하게 얘기를 한다. 가끔은 얘기해도 괜찮다고 말이다. 그랬더니 무슨 말만 하면 회사 얘기를 하며 분수를 토하듯 불평, 불만이 터져 나온다.(이게 아닌데?) 그래도 또 솔직하게 얘기한다. 정도 조절 좀 하자고 말이다. 우리는 아마도 평생을 이렇게 맞춰 살아가야 할 듯싶다.

　나의 아이들도 약간의 분량 조절이 필요하다. 아직은 신나고 재미가 가득한 나이들이라서 옆에서 지켜보는 재미가 있다. 하지만 사춘기가 오고 불안한 감정이란 것에 눈을 뜨는 날이 오면 나의 아이들은 나에게 그런 얘기를 해 줄까? 당연히 바라지는 않겠지만 엄마인 나에게 얘기를 해주면 고마울 것 같다. 나는 그래서 부모로서 노력한다. 주로 엄하지만 그래도 조금 더 다정한 부모가 되도록 노력하고 있다. 이것이 부모가 된 나의 사랑이다. 기준을 잡아주고 그 안에서 아이들이 자유를 펼칠 수 있게 돕는 것. 사회에 나가서도 어려움 없이 그 규율을 지켜나갈 수 있게 돕는 것 말이다. 그

선을 알려주는 것은 부모가 해야 하는 일이다. 물론 모든 것을 부모가 하려고 하다 보면 관계가 틀어질 수 있으니 완급 조절을 해야 한다. 이웃과 학교의 역할에 대해서도 생각해 보게 된다. 학부모가 된 나는 한동안 나 때와는 달라진 학교 문화에 적응하느라 참 힘들었다. 고민도 많았다. 그러다가 내린 결정이 보완과 상생이었다. 학교를 뒷받침하는 가정이 되기로 했다. 이렇게 나의 할 일을 정하고 나니 마음이 편해진다. 사랑이라는 것이 참 힘들다. 나는 대한민국에 살고 있고 그 안에서 최대한 좋은 방법을 찾아야 하는 것이다. 그것이 보완과 상생이었다. 그동안 참 생각 없이 살았나 보다. 이것을 이제야 깨닫다니 말이다. 학교에서 숙제를 내 주면 완전 착실히 숙제를 완수하게 한다. 못하고 가는 날에는 그 책임을 느끼게 한다. 초등 2학년인 첫째는 종종 숙제를 안 하기는 하지만 급할 때는 초인적인 힘을 발휘하여 재빠르게 학교에서 숙제를 해버린다고 한다. 아이도 이러면서 배우는 것이다. 물론 내가 배우는 것이 더 많다.

결혼하고 아이를 낳고는 이렇게 많이 배운다. 인생을 살다가 보면 앞으로 쭈욱 나가는 경우도 있지만 잠깐 멈추어 돌아봐야 하는 터닝포인트가 있다. 터닝포인트가 아니더라도 인생에서 '잠시 멈춤'은 필요하다. 잠시 주저앉아 쉬는 것처럼 느껴지지만, 남들보다 많이 뒤처진다고 조급해하지만, 이제는 안다. 인생에는 잠시 멈추는 시간이 필요하다는 것을 말이다. 나는 이것을, 아이들을 키우며 배운다. 아이들을 키우며 나 또한 자란다. 사랑을 배우고 그 사랑을 알게 되고 또다시 그 사랑을 아이들에게 알려준다. 가정을 꾸리고 인생을 더욱 나아가는 사람이 되어간다. 사랑하고 사랑하고 사랑해야 한다.

우아한 엄마가 되기 위하여

저에게는 꿈이 생겼습니다.

본문에서도 언급했었는데요. 하얀 원피스를 입은 우아한 할머니가 되는 것입니다. 지금 당장은 모르겠습니다. 그리고 어렵습니다. 어느 날 뇌리에 박힌 해맑고 우아한 할머니의 모습은 많은 생각을 하게 되었습니다. 건강해야 하고 적당한 경제력도 갖춰야 합니다. 책을 읽어야 하니 눈 건강도 챙겨야 하고 온화한 얼굴을 지녀야 하니 지금부터라도 자주 웃어야 할 것입니다. 백발이 성성해도 신나게 걸을 수 있는 무릎 건강도 갖춰야 할 것 같습니다. 이분이 뇌리에 박히기 전에는 모든 것이 불가능하다고 생각했어요. 돈을 모으는 것도, 뭔가를 한다는 것도 다 커다란 벽이었죠. 하지만 우아한 할머니의 모습을 눈에 담은 이후로는 생각이란 것을 하게 되었습니다. 이렇게 조금 노력해 보고 저렇게도 노력을 해보고 말입니다.

내 인생이 막연히 답답한 벽에 막혀 있다는 생각이 들면 우아한 할머니를 떠올립니다. 그러면 슬며시 미소가 떠오르며 힘이 생깁니다. 시간이 없었는데 그래도 시간이 생기고, 너무 힘들었는데 부지런해집니다. 이렇게까지 자신을 쥐어짤 필요는 없지만 적당히 조절하며 희망찬 내일을 그려볼 수 있습니다. 저는 아이들을 돌보는 것을 좋아합니다. 하지만 아이들을 돌보는 것도 좋지만 우리 부모들도 자신의 몸과 마음을 잘 살피길 바랍니다. 특히나 잠깐의 틈이 나면 자연을 벗할 수 있는 산책은 꼭 했으면 좋겠습니다. 그 잠깐 여유의 틈으로 성장의 바람이 들어오는 것을 느낄 수 있으니 말입니다. 이 산책 또한 성장의 밑거름입니다. 꼭 성장이 아니면 어떻습니까? 하루의 틈과 그 쉼은 꼭 필요합니다. 그러다 꿈꾸는 모습에 다가가기 위해 오늘도 일어나 한걸음 나서는 것. 그것이 바로 성장일 것입니다. 성장을 거창하게 생각하지 않았으면 좋겠습니다. 일어나는 것 자체가 성장입니다. 그리고 아이들의 성장과 더불어 자신의 성장을 느낄 수 있다면 인생은 한 층 더 재미있어지기 시작합니다.

　저는 산책에서 더 나아가 글을 씁니다. 그리고 책을 만들며 더욱 성장할 수 있었습니다. 이 책은 저의 첫 책입니다. 다른 사람들에게 어떻게 다가갈지, 내 의도가 잘 전해질지 잘 모르겠습니다. 다만 이 책을 읽고 나서 약간의 미소를 지었으면 좋겠습니다. 오늘의 평범한 하루와 자연의 소중함을 느낄 수 있다면 그것 또한 좋을 것 같습니다. 오늘은 아이들과 산책해야겠다, 집안에 나만의 공간을 만들어야겠다, 나도 아이들과 함께 커야겠다는 다짐들을 하신다면 더욱 좋을 것 같기도 합니다. 그리고 그것들을 떠나서 오늘 하루 아이들에게 미소를 지어주고 꼬옥 안아주며 마음을 채우는 시간을 갖는다면 더할 나위 없을 것 같습니다. 아니면 나중에 아이가 생긴다면 매일 안아주고 사랑해야겠다고 잠깐 생각하는 것도 좋을 것 같습니다. 오늘 만나는 손자, 손녀에게 어린 시절의 자신의 자녀에 대한 추억을 털어놓는 것도 좋을 것 같습니다. 그리고 오늘 일기나 한번 써 볼까? 생각이 든다면 금상첨화일 것 같습니다.

지금도 시간은 흐르고 있습니다.

평범한 일상의 소중함과 자연이 주는 에너지를 우리는 기억해야 합니다. 아직 아이들의 사춘기를 겪지 않은 저는 앞으로의 모습들이 많이 기대됩니다. 이 책의 1호 독자가 되겠다는 첫째와 다정하고 친절한 둘째, 노래를 열심히 부르는 귀염둥이 막내. 우리 삼남매에게 이렇게 말해주고 싶습니다. 엄마에게 와줘서 고맙고 엄마를 성장하게 해줘서 감사하고 내일을 꿈꾸게 해줘서 기쁘다고 말입니다. 언제나 평온해 보이는 남편을 닮고 싶고 틈틈이 삼남매를 봐주러 오시는 시어머님께도 감사합니다. 언제나 미안함을 갖고 계신 친정 부모님께도 감사의 말을 남기고 싶습니다.

마지막으로, 이 원고를 투고하고 마음 졸이고 있을 때 많은 피드백을 주신 임종익 총괄본부장님과 이예나 팀장님께 감사의 인사를 전하고 싶습니다.